COMO CAÇAR PÁSSAROS EMPALHADOS

COMO CAÇAR PÁSSAROS EMPALHADOS

DAVID PAIVA

Editora LETRAMENTO

Quixote EDITORA

Grafia atualizada segundo o Acordo Ortográfico da Língua Portuguesa de 1990, que entrou em vigor no Brasil em 2009.

Coordenação editorial
Alencar Perdigão / Gustavo Abreu

Capa e projeto gráfico
Jura Camargo

Editoração eletrônica
Gislei Lopes

Revisão
Nathan Matos

Foto da capa
Shutterstock

Foto da orelha
Max Velati

Dados Internacionais de Catalogação na Publicação (CIP)
Bibliotecária Juliana Farias Motta CRB7- 5880

Paiva, David
P149c Como caçar pássaros empalhados / David Paiva.
– Belo Horizonte, MG : Letramento : Quixote, 2015.
172 p. ; . 14 x 21 cm

ISBN 978-85-68275-33-7

1.Literatura brasileira .2. Contos brasileiros.3. I. Título

CDD B869.8

2015

Editora LETRAMENTO
Quixote EDITORA

Avenida Professor Mário Werneck, 2.900 - Sala 110 – Buritis
30575-180 – Belo Horizonte/MG
contato@editoraletramento.com.br

Rua Fernandes Tourinho, 274 – Savassi
30112-000 – Belo Horizonte/MG
Tels.: 31 3227 3077 / 31 3264 2858
UFMG – 31 3427 2259 | PUC – 31 2535 3077
editora@livrariaquixote.com.br

Para Alessandra, Fred e Cláudia

"Pequenas aves voavam agora gritando sobre o golfo ainda escancarado; uma rebentação branca se abateu contra os seus lados íngremes; e então tudo desabou e o grande sudário do mar voltou a rolar como rolava há cinco mil anos."

Herman Melville ("Moby Dick")

PREFÁCIO

Sobre a caça e seus arredores

O desafio de prefaciar este livro começa pelo título. Seria um manual para caçar "pássaros empalhados"? Uma jogada retórica para ganhar o leitor desavisado da ironia implicada? Sem querer me aprofundar muito em outras dezenas de interrogações possíveis, eu responderia afirmativamente a essas duas. Sim, trata-se de um manual, se por isto entendermos o conjunto das técnicas utilizadas pelo narrador para "manusear" esses seres deslocados, marginais, livres às vezes, além de outros muito familiares, e construir uma galeria de tipos "empalhados", eternizados pela taxidermia literária. E, sim, é uma jogada retórica, irônica, presente na forma de "caçar" esses pássaros-personagens, uma dissimulação do olhar humano e perspicaz com que o narrador os vê, os seleciona e os apreende.

Este segundo livro de David Paiva apresenta uma multiplicidade de gêneros textuais, bem ao gosto contemporâneo:

alguns textos são contos; alguns contos são memórias; algumas memórias, crônicas que parecem reportagens. A unidade é dada pelos narradores, eles também múltiplos, que se mantêm muito próximos das histórias que contam, lembram ou reportam. Mas o que pode tocar profundamente o leitor é a sensação de vazio na contemplação de algumas cenas, o peso da indiferença nas relações humanas e a consequente invisibilidade do outro. Não se trata de um tratado sobre a depressão que circula por aí de graça para todos nós. Absolutamente! Há narrativas engraçadíssimas, absurdas e algumas, até mesmo, insólitas. Mas é impossível não perceber, no limite, a atmosfera melancólica que as recobre.

A literatura existe para que as regras do jogo da vida sejam burladas, transgredidas. Ela investe contra a homogeneização do olhar. Ao mesmo tempo em que somos saturados de imagens e de informação de toda (má)sorte, a literatura nos repõe o direito de sermos nós a escolher o que queremos ver e saber. É na singularidade das suas proposições que retomamos nossa individualidade, que enfrentamos o vazio, que reconhecemos mais nitidamente o outro. Muito otimista? Não depois de ler "Como caçar pássaros empalhados".

Alguns contos (vou chamá-los assim para facilitar o meu texto) dão mostras de que a sensibilidade e a inteligência das coisas estão onde menos se poderia esperar e a provar, ainda, que a História nem sempre nos dá trégua, como em "Verbum", onde a prostituta cita com propriedade Dante Alighieri enquanto um governo vai à breca; em "O domingo" associado ao som do rádio, do futebol e da morte de um torcedor ou, ainda, no impagável "Teoria da rebelião das coisas", que mistura chá com sedução e a ciência pelo avesso.

"Desculpem-nos o transtorno" recai sobre o insólito, seja pela matéria que serve de cenário, seja pela ausência de uma conclusão categórica que possa confortar nossa inteligência. Como compreender a invasão de uma festa pelo esgoto senão como metáfora da sujeira das relações políticas e (por que não?) humanas, quando tudo se dá pelas aparências? E quem seria o narrador que insiste em virar as costas para a banalidade de um dia escolar e perceber que o mundo "Escurece" e recobre ameaçadoramente as vozes infantis? Ou, de quem é "A voz inútil", calada e despersonalizada sob a égide dos dispositivos disciplinadores? O tempo interrompido pelo estreitamento do foco mobiliza um inseto verde e luminoso que traz "Dúvidas sobre o azul" numa noite de insônia no espaço doméstico, bem como nos conduz por uma atmosfera sufocante, própria do espaço urbano, público, dominado pelo comércio e o trânsito, quando "Júlia vai ao centro".

Numa outra medida, as cidadezinhas quaisquer, principalmente de Minas Gerais, aparecem como cenário para personagens-tipo, pássaros sem asas, engaiolados pela crueldade humana. Santo Inácio, Santo Inácio da Vala Velha, Santo Inácio da Grota Grande e Santa Marta do Indaiá, sejam ou não espaços ficcionais, abrigam histórias de ódios familiares, de conflitos políticos, de memórias sentimentais e imorredouras, como em "O caldo das mangas pretas", "O túmulo mudo" e "A visita". O narrador desses contos não lhes dá trégua e se para alguns são espaços de evasão – *loci amoeni*, a ironia fina, carregada pelo moralismo local e infernal, transforma-os em *loci terribiles*. Como sobreviver senão pela memória?

É certo que as fronteiras entre o bem e o mal são as mesmas que dividem as criaturas. Sem resvalar por estes valores, há muito a humanidade teria deixado de se guiar pelas utopias, sempre necessárias para se contrapor ao excesso de vazio. Para além de qualquer maniqueísmo ou imperativo moral, fica um vácuo e é nele que o narrador vai se posicionar para tocar mais de perto a indiferença pelo outro. Esta, quando investida da falta de sensibilidade, não permite que o personagem perceba que a mulher se reconhece na invisibilidade de "Thien, o porteiro" e se recusa a voltar ao passado; quando impregnada de mau humor, não permite que "O chaveiro da Rua Conselheiro Lafayette" desfrute do prazer de estar diante do poeta Carlos Drummond de Andrade, invisível homem comum; quando destituída de atenção e comiseração, impede o síndico de enxergar a beleza de uma "Árvore de Natal" criada ao acaso por uma criança autista.

Mas o *grand finale* desta caçada está em "Reunião de família" e, portanto, abandono o leitor no último conto e o deixo desfrutar o prazer que só a literatura pode nos dar.

Não é fácil ser um narrador de literatura em um mundo

pragmático como o nosso. A concorrência com o espetaculoso, o apocalíptico, a crise de identidade, o efêmero e inúmeros outros dados catastróficos, pode não combinar com uma linguagem que inventa, interroga e põe a nu a pobreza implícita nessa visada. A literatura não doura a pílula, não conforta, não revoluciona, mas transforma e induz ao prazer da incompletude sem o qual seríamos apenas alvos fáceis para uma caçada. Talvez, por isso, repetimos com o poeta que "a vida não basta".

Campo Grande, maio de 2015.

Maria Adélia Menegazzo

Doutora em Teoria Literária e Literatura Comparada pela Unesp de Assis, com Pós-Doutorado na ECA/USP. Professora da Universidade Federal de Mato Grosso do Sul. Membro da Associação Brasileira de Críticos de Arte e da Academia Sul-mato-grossense de Letras.

1.

Dúvidas sobre o azul

O roupão de banho, com seu tecido felpudo e azul-marinho, está pendurado a um canto, num gancho de metal. Sobre a parede de azulejos brancos, a forma alongada escorre como uma mancha parede abaixo. Da gola até a barra, lembra o mapa de um país exótico, uma silhueta magra e escura sobressaindo contra o fundo claro, talvez claro demais, uma brancura desconhecida em toda a natureza.

Lançando uma faísca de vida sobre esse canto que ali existia na sua paz, acendi a luz de madrugada. Sobre as felpas azul-marinho movimentava-se um inseto verde, de um verde luminoso, em forma de pequena folha. Era como um sinal minuciosamente desenhado e depois preenchido com a tinta de cor viva sobre o azul escuro. Naquele banheiro úmido e quente no verão, o sinal deve ter sido atingido por alguns raios da vida repentinamente surgida de madrugada e os usava sem saber bem para quê: errava por ali, caminhava para os lados, cortava na transversal a largura do país exótico. Ia de uma margem à outra repetidas vezes, em movimentos que pareciam desesperados. Dava a impressão de ter sido perturbado pela luz; ou talvez estranhasse o azul-marinho felpudo que lhe servia de piso, algo aconchegante e estranho à sua experiência táctil e visual.

De repente estacou. Tudo sugeria dúvida quanto ao passo seguinte. Deve ter avaliado as consequências de levantar voo ou de continuar caminhando para além do piso de felpas, estranhas mas até agora seguras. Ele nada conhecia de uma imensidão branca e impecavelmente lisa; isso sim lhe parecia impenetrável, impossível. A folhinha luminosa ficou imóvel por algum tempo no centro do espaço azul-marinho.

Tão repentinamente quanto parou, pôs-se outra vez em movimento. Agora em novo itinerário: caminhava tão depressa quanto antes, mas nesta nova tentativa subia e descia em linha vertical, que tanto podia tocar a barra inferior do roupão quanto subir naquele passinho veloz, movimento contínuo de quase flutuação sobre as felpas, na direção do topo de alcantis, as dobras da gola sustentada pelo gancho. Em cima ou embaixo, parava sempre com a postura um tanto desafiadora, mas temerosa também. Dúbia, na verdade. Era a postura de quem respira fundo, não porque confie no ar à sua volta mas justamente o contrário; acha que o ar lhe vai faltar daí a pouco. Girava o corpo de folha e agilmente o movia na direção oposta, ligeiro como se estivesse em fuga, o belo sinal verde luminoso outra vez deslizando sobre a fosca superfície azul-escuro em forma de país desconhecido. Quantas vezes vi essa viagem repetir-se, do extremo sul às elevações da gola...

Acompanhei esses exercícios durante uns trinta minutos. Foram estafantes, eu compreendo: as extensões percorridas pela manchinha verde eram enormes, na proporção da sua massa corporal (embora fosse mínima a força necessária para arrastar um corpo tão bem traçado e econômico, quase inexistente na escala das nossas atenções quando em contraste com o grande verde natural). Apaguei a luz, fechei a porta e voltei para a cama.

Não era uma noite de sono bom. Duas horas e pouco depois, voltei a acender a luz do banheiro. Esquecido e distraído, estranhei a presença de uma pequena mancha no chão, revestido de ladrilhos igualmente brancos – e o branco, limpo, tornava quase gritante a pequena mancha. Então me lembrei: olhei para o roupão, não havia mais inseto verde luminoso. Olhei mais de perto a mancha do chão e percebei que era ele: ventre para cima, os membros antes tão ágeis pareciam agora fios de cabelo tremendo ao sopro de uma brisa imperceptível – e a cor fora trocada pelo tom impreciso do ventre, algo terroso; o verde luminoso era agora apenas o dorso escondido do pequeno corpo virado... Com atenção, era possível discernir o fio verde, delicado, fazendo o contorno de toda a manchinha discretamente parecida com uma lasca de barro desprendida dos sulcos do solado de borracha.

2.

O domingo

Na tarde pesada e viscosa de novembro, as portas de aço das lojas da rua Presidente Wenceslau estavam todas fechadas, exceto uma. O som embaralhado de um rádio distante transmitia futebol. (O jogo pelo rádio era o som dos domingos, com o grito de gol varando a modorra como um peixe em aquário turvo.) No único estabelecimento aberto na rua, o Nosso Bar, na esquina com a avenida Bueno Brandão, alguns homens ocupavam as poucas mesas e outros se sentavam em tamboretes de couro, em pilhas de engradados de cerveja ou apoiavam-se no balcão. Do alto de uma geladeira, o rádio de madeira escura – a voz era de Oduvaldo Cozzi – ditava passo a passo a alegria e a raiva.

Em lance que a princípio parecia perdido e sem consequências, houve um acidente grave no jogo: o meia atacante quebrou a perna do zagueiro adversário, com fratura exposta. O locutor explicou que tinha sido uma entrada brutal e desnecessária do atacante, famoso como criador de casos e confusões, embora todos reconhecessem seu talento de jogador de área. Um homem de grandes bigodes grisalhos e aparelho de surdez então comenta que "é mais um marginal que um jogador" e que "devia ser banido do futebol". Vira lentamente um copo de cerveja enquanto um gordo de camisa listrada, num canto do bar, manifesta-se do seu assento de engradados. Sentira o comentário do homem de bigodes como uma ofensa pessoal e grita de volta, enquanto se agita na sombra:

"Quem é o senhor para saber o que aconteceu no campo?"

"Sei o que o Cozzi diz. Se não acreditamos no rádio, o que é que estamos fazendo aqui?"

Algumas risadas indicam aprovação. O homem de camisa listrada levanta-se exageradamente devagar; parece vestir uma armadura de ferro. Aproxima-se do homem de bigodes e aparelho, arqueado sobre o balcão, onde apoia os cotovelos. O da camisa listrada, empinado como um justiceiro de ferro, está vermelho e mudo. Encosta o nariz lustroso no aparelho de surdez do outro e dispara um berro:

"Vai fazer gracinha com a puta que te pariu."

O senhor do aparelho levanta os cotovelos do balcão, endireita o corpo e encara o gordo com o olhar fixo. Dá um passo para trás. Está pálido mas comete o descuido de sorrir, talvez apenas um sorriso escapado dos lábios secos, sem propósito, sem prazer. O gordo compensa o passo atrás dando um passo à frente e ao mesmo tempo enfia a faca de pão, que havia apanhado no balcão ao se levantar da sua pilha de engradados, no estômago do homem de bigodes brancos. Enquanto o homem cai, a mão firme do agressor sustenta a lâmina longa; e amplia o rasgo com a simples e fria ausência de movimento. O sangue começa a manchar os bigodes caídos sobre o piso de ladrilhos.

O dono do Nosso Bar desliga o rádio. Todos os torcedores em volta estão imóveis, trêmulos. (O jogo, já interrompido no estádio por causa da perna do zagueiro, acabava de silenciar por aqui.) Ao passar um pano no balão, o dono diz ao rapaz de jaqueta cor de vinho, que o olhava em choque, que naquela tarde o Pernambuquinho havia superado suas próprias façanhas, quebrando a perna de um e matando outro a mais de seiscentos quilômetros de distância.

A rua Wenceslau, muito antes do anoitecer, estava quieta. Já não havia nenhuma porta aberta. O Nosso Bar, com a porta de aço descida, mantinha apenas encostada uma portinha lateral por onde se viu entrar e sair, duas ou três vezes, o delegado de polícia e um soldado. No ar, um som de rádio não deixava o domingo se apagar completamente – era um som distante, muito distante, incompreensível; mas sabia-se que era ainda o mesmo jogo, já encerrado na rua Wenceslau.

3.

A voz inútil

No começo, era uma pessoa que dependia da voz. Na infância, participara com destaque do coral da escola. Diziam até que, se quisesse, poderia fazer bela carreira como cantor lírico. "Com dedicação talvez venha a ser um grande barítono", disse a maestrina do coral. Chegou perto de tornar-se um pequeno astro, aparecendo uma ou duas vezes em programas de TV. Mais tarde, no tempo das passeatas e manifestações de rua, o impulso daquele sucesso como garoto prodígio da música erudita o ajudou a tornar-se líder estudantil. Renegou então a elegância e a suavidade moldadas por uma arte alimentada nos salões de papas, reis e rainhas, e apontou a voz em outra direção – era agora o ferino orador de comícios e assembleias, duro e insuperável nos debates. Destruía adversários e companheiros com os recursos da voz e uma desconcertante presença de espírito, capaz de produzir todo tipo de sarcasmo e simpatia, numa fluência armada de humor e farpas.

O risonho menino de cabelos repartidos de lado, quase louros, e de olhos quase claros, converteu-se no inimigo que a burguesia odiava ter. Todas as tias lhe dedicavam puro horror, porque desejavam tocar seus olhos e seus cabelos; com frequência deixavam escapar que queriam amá-lo. Tanto cabelos quanto olhos tornaram-se ainda maiores e mais importantes no efeito geral da sua presença. Durante o dia e nas primeiras horas da noite, ele espalhava o pânico entre as mesmas senhoras que, havia pouco tempo, se enterneceram diante da elegância impecável e católica do presidente Kennedy [1]. Tarde da noite, porém, nas horas mais reservadas, e usando a voz com habilidade e método, dedicava-se a ferir a burguesia num dos seus pontos mais sensíveis, embora indefeso ou falsamente guarnecido – o hímen das suas filhas.

Finalmente, o antigo "menino da voz de ouro" – como a publicação mensal da paróquia de Santo Estêvão chegara a apontá-lo – foi preso. Não por causa de ações da alta noite (quando os atos pareciam ainda praticados pelo menino do coral), por obra de pais ofendidos. Foi preso porque sua voz, já registrada na memória pública, era cada vez mais forte em conluios e tramas das fronteiras, das garagens vazias e dos carros estacionados no ermo, como provavam centenas de gravações e delações reunidas pela polícia. Num rápido instante, como um *flash*, seu nome brilhou no país inteiro: preso o líder! Onde houvesse lugar para uma imagem, um som ou

---

1 Alford, Mimi - *Once Upon A Secret*, Hutchinson, 2012 (N.do N.)

uma palavra de ódio, lá estavam os cabelos, os olhos e a voz, e ali se diziam contra ele as palavras irrecorríveis da língua.

Depois ele desapareceu do noticiário. As declarações das autoridades não o mencionavam mais. Passaram-se meses e, a julgar pelo que se publicava, era como se jamais tivesse existido. Até que um dia o país foi acordado por uma espécie de fantasma – seu rosto voltava aos jornais e à televisão, um rosto frio e sem voz. Alguns já se lembravam dele apenas vagamente. Na noite daquele mesmo dia anunciou-se em toda a mídia que ele, juntamente com alguns companheiros, estava expulso do país – banido, era a palavra usada, definitiva, sonora, esmagadora. Longe do país, foi aos poucos percebendo a inutilidade da voz. Morava só, preferia ficar assim, olhando as camadas de folhas amarelas do outono na margem do rio. Detrás da lucarna, sentado no degrau de uma escada de pintor que encontrara na água-furtada, permanecia em silêncio, até o dia escurecer, observando o movimento curto das folhas que o vento empurrava. Quando saía para trabalhar, nada lhe perguntavam (carregava e conectava fios e luzes, e, desde que estas iluminassem, não era percebido). Ao fim de muitos anos, voltou ao país.

Desembarcou no porto de Santos, de um navio cargueiro. Saiu caminhando vagarosamente depois de recolher a mala, pequena mala e mesmo assim vazia. Não havia ninguém à sua espera. O primeiro ruído que lhe chamou a atenção nas cercanias do porto foi o de um carro de som anunciando um candidato às próximas eleições municipais.

Chamou-lhe a atenção o alinhamento e a brancura dos dentes do candidato e sua boca engatilhada, a fotografia da gestação da voz do candidato. Quase sorriu e retirou-se com uma sensação suave e ambígua, algo que começava pelo amargo.

4.

Escurece

Dois meninos conversam no corredor da Escola Municipal Professora Elisa Tornabuoni. Têm pouco tempo, pois daqui a minutos vai tocar a sineta convocando para as salas de aula. Inquietos, revezam-se a todo momento em suas posições: um deles se apoia na grade, com o rosto para dentro; o outro olha o corredor paralelo, do outro lado do pátio central, e o céu sereno acima do telhado. Às vezes, ficam os dois com os cotovelos apoiados na grade, debruçados sobre o movimento de alunos, serventes e professoras no pátio, e por segundos falam sem se olhar. Logo recompõem a posição anterior, em obediência a uma espontânea harmonia de cena. É uma manhã ensolarada de segunda-feira dos primeiros dias de dezembro. Uma animação de férias próximas eleva o barulho da correria no pátio, e antes das aulas, antes das sete horas, todos já suam.

O menino com as costas apoiadas na grade ouve a história da cachorrinha do menino que está de frente para o pátio e para o céu. Sábado de manhã, a Sharik (o nome foi sugerido por uma tia do menino, que também ensinou a escrevê-lo) teve de ser levada às pressas para o veterinário; na sala de espera, antes que pudesse ser atendida, morreu nos braços do menino. Primeiro deu um arranco, como se soluçasse, depois se esticou toda e ficou imóvel, durinha, durinha.

Enquanto escuta o caso da Sharik, com seu relato minucioso e devagar, conforme o estilo do garoto narrador, o menino da grade, de costas para o mundo exterior, aos poucos vai observando que o tempo parece mudar. O rosto do outro já não brilha como na claridade ensolarada. Parece que vem chuva. Enquanto o estado da Sharik piora, o menino da grade começa a se impacientar. No momento em que a cadelinha afinal se enrijece nos braços do amigo, ele não resiste mais a tanta curiosidade e inquietação (como está escurecendo se tinha tanto sol? e por que o silêncio no pátio, estranho, se como sempre havia tanto barulho?) e vira-se para o pátio e para o céu. Tem pressa em entender aquelas súbitas alterações à sua volta que o incomodam mais que o destino da Sharik.

No momento em que se debruça sobre a balaustrada, como se o giro do seu corpo acionasse o instrumento, soa a sineta das filas – porém muito mais longamente, mais nervosa e peremptória que o normal. Ao som insistente da sineta, ele e o menino que perdeu a Sharik veem subir do telhado rumo ao azul um tubo enorme de fumaça negra e densa. Sobe aos céus um tipo monstruoso de serpente que bem no alto vira nuvem. Têm a sensação de que a Elisa, como chamam a escola, todos os meninos juntos, todos os meninos e todas as meninas serão engolfados pela fumaça negra que já cobre quase toda a luz da manhã.

Parece subir dos fundos do prédio da Elisa, dali onde se acumula entulho e onde às vezes entram escondidos levando para a sombra da mangueira a dentucinha sardenta do quarto ano. A essa hora é possível que não exista mais a mangueira nem as mangas ubá. Da rua sobem buzinas de todo tipo. E há também um vozerio abafado, um medo em vozes adultas que parece descer do ar, ou subir da rua junto com as buzinas, ou escapar do bucho da serpente. Os meninos olham para o alto da escadaria, onde começa a sobressair a fala aguda e aflita da diretora. As filas se formam segundo o regulamento. Ela pede atenção. E pede que ninguém corra, que todos andem com calma e cuidado ("Façam como pessoas de ajuizadas..."), mas que todos saiam imediatamente. A diretora cala-se e faz um gesto para as professoras, indicando a porta de saída. Estas começam a conduzir as filas de alunos, que caminham em ordem, de acordo com o momento, exceto um ou outro riso. As aulas estão suspensas por que há um incêndio no posto de gasolina atrás da escola.

Na rua, as crianças da Elisa ficam sabendo que todo o quarteirão explodirá em minutos, quando os tanques subterrâneos do posto forem alcançados pelas chamas.

5.

O discreto charme

Alfredo Mallard, um dos mais argutos e bem-informados críticos de cinema que conheci, embora nunca tenha se interessando em extrair daí uma profissão ou uma renda (era apenas redator de publicidade), contou-me durante nossa viagem a Florianópolis, em 1985, um episódio ocorrido na sua casa, com todos os elementos de *sketch* do velho teatro de revista – um tipo de cena que só Alfredo consegue enxergar e se divertir quando acontece na própria família.

Os pais de Alfredo haviam entrado em fase conjugal de completo esfriamento. Até as mágoas perderam o significado e havia meses não se falavam, nada além de banalidades indispensáveis à convivência mínima. Mesmo assim respeitavam-se; procuravam manter a polidez, como dois diplomatas rompidos depois de anos de amizade, dois profissionais da simpatia, realistas e experientes. Jamais elevavam a voz e davam aos de fora a melhor impressão de uma paz saudável na penumbra da meia idade. Alfredo tinha voltado a morar com eles, depois dos anos em comunidades e das viagens maltrapilhas pela América Latina e pela Europa.

Um dia, Bernardino, seu pai, contou-lhe que na véspera havia entrado em casa pouco antes do almoço, como de costume. Mas dessa vez estava acompanhado de uma moça desconhecida, que ninguém seria capaz de tomar por uma secretária ou colega de trabalho. Era uma mulher inesperada àquela hora do dia, de aparência inconfundível: maquiada com exagero, minissaia escandalosa e botas de canos e saltos altos, conjunto clássico do estilo *trottoir*. De início, a moça sentiu-se um pouco desambientada, mas foi logo posta à vontade pelo pai de Alfredo, que lhe perguntou se aceitava um aperitivo. Ela recusou a bebida, desajeitada e puxando a saia para baixo, mas Bernardino lhe estendeu um delicado cálice de Benedictine.

A moça tomou o conhaque e parece que se sentiu melhor. Riu e cruzou as pernas mais naturalmente, ficando as coxas em exibição dos joelhos até os quadris, em plena sala familiar. Neste momento, entrou a mãe de Alfredo. Segundo meu amigo, tudo indica que Celinha sentiu-se indignada. Agredida na sua elegante privacidade, esteve para explodir, mas não o fez. Apenas sorriu e perguntou ao marido, maliciosamente, apontando com jovialidade para a moça, se era sua amiga. Bernardino respondeu de modo ambíguo:

"Digamos que sim."

Celinha então sorriu mais abertamente, como se ali na

sua sala se materializasse uma querida amiga de longa data, mas conhecida até então apenas à distância, pelo telefone. Saudou a visita com entusiasmo, dizendo alguma coisa como "até que enfim você apareceu!..." Em seguida, pediu licença e se retirou da sala. Surpreso com aquele bom humor, Bernardino calou-se.

"Não entendi...", assustada, moça olhou Bernardino.

"Não liga. Ela é assim mesmo."

"Muito legal, ela. Você me dá mais uma bebidinha?"

Bernardino serviu-lhe mais um cálice e acomodou-se outra vez no sofá, sem saber como levar adiante aquele encontro social que de início prometia ser muito divertido. Sua intenção foi apenas levar a moça para almoçar em casa, oferecendo à sua mulher alguns poucos momentos de raro embaraço (a educação dela, ou sua afetada educação, não lhe permitiria enxotar uma pobre vagabunda, que só poderia estar em sua casa à procura de um prato de comida, nada mais). Mas inesperadamente o papel a cargo de Celinha ameaçava sair do roteiro.

Enquanto tentava salvar a comédia, encarando o solado do sapato, Bernardino tomava seu terceiro Benedictine e sentia os efeitos. A moça, mais moderada, prolongava seu segundo cálice, abrindo as pernas sem limites. Perguntou:

"Você quer fazer um ménage com sua mulher?"

"Não, não. Só vamos almoçar."

"Parece que sua mulher ia gostar..."

Nesse momento Celinha entrou de novo na sala, mais expansiva que antes. Maquiada como Bernardino jamais a vira na vida, nem quando jovem, vestia uma minissaia (pelo acabamento, era uma discreta peça de senhora reduzida às pressas para a ocasião) que deixava à mostra, conforme o movimento, um trecho de calcinha azul-turquesa. Acompanhava a minissaia os saltos mais altos do armário.

"Até que enfim." – disse a mãe de Alfredo, esparramando-se numa poltrona. "Desculpe a demora, querida. Agora a gente pode fazer planos..."

Com a mão um pouco trêmula e o suor porejando na testa, o arquiteto Bernardino estendeu o braço para pegar a garrafa de Benedictine.

6.

Desculpem-nos o transtorno

Pouco tempo antes das solenidades de inauguração do asfalto e da iluminação da pista do aeroporto – o que elevou um pouco mais o orgulho do povo pela sua terra –, as disputas políticas em Santo Inácio da Vala Velha ainda se resolviam por meios bem mais francos que agora. Rara era a divergência entre os próceres, e até mesmo entre personagens menores das lutas partidárias, que não se desdobrasse em golpes de guarda-chuva (no uso dessa arma, destacava-se uma senhora alta e de voz cava) ou em vinditas mais rudes. Foram poucas, no entanto, as ocasiões em que os costumes políticos locais urdiram histórias de tamanho esmero e impiedade como aquela da noite de 24 de dezembro de 1952.

Preparava-se a ceia na casa do venerável Afonso Alves, o coronel, chefe político e amigo do Presidente da República. Ocasionalmente, seu grupo estava na oposição no município, mas sua voz arrastada e grave, que parecia reproduzir um som colhido nos casarões de Santo Inácio, dava-lhe uma autoridade acima dos cargos. Todos os seus amigos e aliados, permanentes e ocasionais, além da sua numerosa família, seriam recebidos como nos Natais de sempre, com gosto e bênçãos. As melhores cozinheiras porejavam na grande cozinha. Novilhos, leitoas, perdizes, codornas, frangos vieram da fazenda, e carneiros, peixes, temperos, refinamentos de todo tipo foram encomendados ao *buffet* de Uberaba (o mesmo que preparava o cardápio de Getúlio Vargas nas visitas do presidente à exposição anual de gado). Nenhuma outra ocasião social em Santo Inácio se comparava àquela ceia cujo convite era recebido como um prêmio.

Aquele ano, pequenos incômodos dificultavam os preparativos, embora nada abatesse o ânimo dos empregados, certos de que trabalhar na casa do coronel era uma honra. Obras da Prefeitura, iniciadas dois ou três dias antes em frente ao sobrado, estorvavam os trabalhos e impediam a entrada dos veículos; a poeira e o barulho, dia e noite, eram tão desconfortáveis que o genro do coronel esqueceu a rixa com o secretário municipal e telefonou-lhe pedindo que suspendesse as obras naqueles dias. O secretário desculpou-se amigavelmente, dando a entender que a desavença estava superada, mas informou que uma previsão de chuvas pesadas tornava os reparos indispensáveis e urgentes. Enfim, um aborrecimento para todos, mas o interesse geral vinha em primeiro lugar, o que é que se vai fazer? – lamentou o secretário. (Em viagem, o prefeito não estava sujeito aos pedidos.) Quase onze horas da noite de Natal – "Graças a Deus", anunciou seu alívio a filha do coronel – as máquinas pararam e o último operário se foi.

Aqueles convidados que chegaram mais cedo e tiveram tempo de incomodar-se com o ruído na rua puderam afinal falar de outros assuntos e aceitaram mais bebida e salgados. O genro comentou que, se aquilo não parasse a tempo, ele mesmo faria parar "do meu jeito". A essa hora, empregados da limpeza cuidavam discretamente de um pequeno contratempo: três vasos sanitários, ao mesmo tempo, começaram a se encher. Buscaram vasilhas de água, escovas, desentupidores de borracha e líquidos perfumados de eucalipto, e logo tudo voltou a normal. Minutos depois, porém, a matéria do fundo começou de novo a subir nos vasos; antes que os empregados pudessem acorrer em defesa do bom nome da casa do coronel, os vasos transbordaram. A filha, que fazia o papel de anfitriã, olhou as vassouras e os eucaliptos que retornavam e um desespero mudo como que a obrigou a virar as costas e então viu homens e mulheres de copos na não, distraídos e limpos, e a mulher do dono da serralheria borrando a maquiagem de tanto rir. Aproximou-se dela para rir um pouco também, mas o marido a chamou.

Estava difícil manter separados os dois grupos, os empregados e os convidados. A agitação era perceptível. Os empregados esbarravam em bandejas. Comensais já não sabiam se era melhor continuar comendo os petiscos – cujo cheiro já era ameaçado não se sabia de onde – ou se convinha retirar-se pelos fundos. Senhoras chegaram a dizer-se penalizadas com o trabalho apressado e o suor das empregadas; com os uniformes limpos, algumas até maquiadas, esgueiravam-se entre convidados tentando evitar que as escovas e os baldes tocassem nos vestidos e ternos caros.

Coronel Afonso contava a um pequeno grupo, com a saliva crescendo nas comissuras dos lábios, a história do perdigueiro Martelo, quando uma agitação nova lhe desviou o olhar. O banheiro mais afastado, usado pelos serviçais, tinha deixado escapar por debaixo da porta uma massa fétida que principiara a avançar pelo corredor. A nova correria se destinava a calafetar a fresta com pedaços de borracha e panos grossos; depois os empregados abandonaram seu banheiro e o entregaram à própria sorte. O coronel não retomou a história de Martelo.

Os banheiros sociais, dois ou três que deveriam estar à disposição dos convidados, não demoraram a se tornar imprestáveis também – a gosma descia das paredes dos vasos e cobria o piso de mármore, rolando devagar para além da porta e formando embaixo o traço cor de chocolate que se expandia pelo corredor. Em todos os ambientes da casa, nas salas e até nas distantes garagens, em toda parte onde havia pouco, o ar estava tomado de leitoas e novilhos, o cheiro tornou-se insuportável.

Os convidados ilharam-se na sala maior. Olhavam-se e suavam (aquele foi um dezembro especialmente quente). A proprietária da emissora de rádio sentiu-se mal e se deitou no sofá, levando lencinhos perfumados ao nariz. Médicos presentes foram levados ao andar de cima para fazer companhia ao coronel. Mas Afonso Alves, que tinha suspeitas sobre a origem do desastre, neste momento foi chamado ao telefone. Atendeu. Os médicos e o genro puseram-se de pé ao seu lado, em prontidão para qualquer ordem do coronel. Enquanto segurava o fone no ouvido, seus olhos velhos passavam de um rosto a outro, sem descanso e sem rumo, até que se iluminaram e indicaram aos seus homens que na outra ponta da linha um voz se anunciava. Afonso Alves apenas respondeu "Sim, sou eu" antes de empalidecer e entregar o aparelho ao genro.

7.

Luanda

O voo da companhia angolana pousou no Aeroporto Internacional Agostinho Neto dia 2 de julho de 1994. Era minha primeira viagem ao país; ainda na penumbra do interior do avião, que taxiava indolentemente, pude avistar pela janela a luz embaçada e o capim seco e ralo que cercava a extensão da pista. Tudo se parecia muito com aquilo que estava habituado a ver no meu país; a mesma poeira sobre todas as coisas, o mesmo amarelo pálido como cor do ar. O sol era o mesmo e, debaixo dele, a tarde colada nos rostos, como na terra fronteiriça, a sete mil quilômetros, mancha doentia e triste. O Agostinho Neto me oferecia, à guisa de boas-vindas, a roupagem mais autêntica do meu país: a fadiga terminal do mundo, os raios ferindo a crosta estendida numa agonia que promete não ir além das cinco da tarde. Ao olhar pela janela do avião, uma única dor, mais que uma ideia, me lateja na cabeça – *os trópicos*.

A presença do pó é o que me aproxima da paisagem. Sem ele, poderia sentir-me longe de casa e não compreender o idioma. O avião rola em direção à estação de desembarque; como todos os corpos que se movem nos trópicos às duas horas da tarde, o grande aparelho – embora grande e desenhado para perfurar o espaço – dá a impressão de lutar contra uma trama de obstáculos imiscuída no ar. O ar já não é apenas o ar.

Após o esforço, finalmente o Boeing estaciona. Recolho meus pertences de mão e depois tomo o micro-ônibus, que nos deixa alguns metros adiante, onde a vida terrena fica à espera. Sou recebido por um cavalheiro vestido de terno escuro e gravata azul de bolinhas amarelas, com grandes óculos apoiados nas asas do nariz. É o sr. Zani, diretor da empresa estatal que me contrata. Ele explica, depois de acomodar minha mala no banco traseiro do seu carro, que Angola passa por profunda mudança. "O senhor há de ver" – me garante o sr. Zani, que arranca em alta velocidade rumo ao meu hotel. Enquanto isso, com aparente segurança, concilia a velocidade com uma sequência de informações a respeito das profundas mudanças. Nunca me olha, o que seria mesmo arriscado; mas desse modo o sr. Zani me deixa livre para pequenos cochilos. Depois de explicar "o nosso grande programa de renovação", diz por alguma razão que não entendi:

"O senhor possivelmente não saiba, mas fui embaixador em Cuba."

"Não sabia, realmente não sabia..."

"E antes de Havana, servi em Sófia, como segundo-secretário."

"Ah! sim. Uma rica experiência, portanto!"

"Pois, pois... sem dúvida, uma experiência que muito me honra. Mas, antes, muito me inquieta, o senhor sabe."

O sr. Zani bruscamente estaciona o carro numa praça. Por um momento permanece calado e olhando para o centro da praça. O canteiro central, um grande círculo de terra batida com o chafariz quebrado e seco no meio, está cheio de gente; pequenos grupos sentam-se em círculo, mulheres cuidam de crianças e bebês de colo, restos de comida se espalham ao redor e meninos apanham essas migalhas e correm. O duro sol amarelo desce entre a fumaça que apenas suja o céu. O sr. Zani sai do carro e me convida a acompanhá-lo.

"São refugiados de guerra, como o senhor deve estar a par são mais de dois milhões em todo o país."

Caminhamos entre os refugiados, quase só mulheres e crianças. O sr. Zani quase não fala, apenas observa e posso perceber que olha para mim a todo momento, como se me pedisse um comentário. Tenho dificuldades em suportar o cheiro; o mal-estar, misturado ao cansaço da viagem e ao calor, me dá vômito. Apoio-me no ombro do sr. Zani e olho para baixo, para os meus próprios pés e depois fecho os olhos. Ficamos os dois parados, à espera do alívio que me permita caminhar e sair dali.

Quando afinal nos encaminhamos de volta ao carro,

antes de deixar o círculo de terra batida sou impedido de prosseguir por uma mulher que me agarra o braço e grita:

"Dollar, dollar, please! Please, mister!"

O sr, Zani, que se adiantara um pouco, vem em meu socorro e desfere um violento tapa no ombro da mulher, que quase cai. O sr. Zani grita com ela:

"Cuidado, mulher. Veja o que faz! Veja o que faz!"

A mulher, que veste algo que lembra um lençol envolvendo todo o corpo, depois de cambalear consegue firmar-se outra vez e fica de pé encarando com odienta fixidez o sr. Zani. Há tanta carga de revolta no olhar dela, cercado de farelo e migalhas que se grudam do queixo ao cabelo crespo, que não conseguimos retomar nosso caminho para o carro. Estamos magnetizados por olhos coloridos de vermelho e amarelo, dilatados até o absurdo e confirmados no seu ódio por dentes cerrados que batem. Esperamos que alguma coisa aconteça e não temos coragem de sair. A mulher negra no limite extremo da negritude não mostra sua palidez, mas seus lábios morrem, tornam-se cinzentos, azuis e por fim roxos e ela vagarosamente se põe de cócoras, o pano sujo parecendo lençol lhe cobre as pernas até drapejar-se na terra, e ela ainda olha o sr. Zani com ódio pintado de amarelo e vermelho, e de lágrimas.

Acima de todos os cheiros nauseantes que nos chegavam da praça, toma o ar um novo cheiro, pior que todos. O sr. Zani me olha de certo modo abatido, ferido pelo peso da África, tira os óculos grandes e passa no rosto a manga da camisa branca e estende a mão indicando com elegância um espaço seguro entre os refugiados:

"Vamos."

8.

Verbum

Na noite de 24 de agosto de 1961, o advogado Otto Lins tomou seu último café na sede da OAB, em Belo Horizonte, na Avenida Carandaí, e saiu apressado. Vinte minutos depois entrava em casa, desabotoando o colarinho e puxando a gravata com impaciência (ao entrar, o nó já estava desfeito). Ligou a televisão e sentou-se no sofá para assistir ao pronunciamento de Carlos Lacerda, governador do Estado da Guanabara.

No discurso de quase uma hora, o orador relatou passo a passo a complicada sequência de fatos que o levavam a denunciar o presidente da República. Revelava ao país a trama que tentara envolvê-lo num golpe de Estado, cujo objetivo era conferir ao presidente poderes excepcionais. No seu conhecido modo de esgrimista, afirmou que o "o homem que elegemos presidente não quer ser presidente, quer ser ditador". Ao final da fala do governador, Otto Lins levantou-se do sofá. Tinha no rosto um sorriso ainda em promessa, mas visível; mesmo assim, resmungou para si mesmo: "Filho da puta". Desligou a TV, trocou de camisa e saiu para jantar.

Passou antes pelo balcão de café da Nacional, onde encontrou amigos. Quis saber a opinião deles a respeito da ventania que soprava no país; a maior parte acreditava que o discurso nada mudaria. "Amanhã nasce azul", disse um deles. Outro: "Ou verde-oliva." Em seguida o advogado caminhou até o La Rondinella e, sob o poste espetado no meio da rua, falou para si: "Caralho!". No restaurante, escolheu uma mesa de canto e observou que ninguém se preocupava com ventanias. Além de pratos e bebidas, nas mesas só havia um doce modo de falar – vozes baixas misturadas a outras vozes baixas, sobrevoando as toalhas brancas onde se assentavam, incorpóreos, a luz de lã amarelada das arandelas de velinhas e os pingos de vinho.

Otto Lins jantou, pagou a conta e fez o mesmo caminho de volta até o carro, que deixara na porta do café. Cansado da aridez de agosto, queria dormir cedo. Em casa, nada mais que uma vodka e pronto. Quando entrou no carro e bateu a porta, toques apressados golpearam o vidro à direita.

Confuso, Otto Lins girou a manivela do vidro e, ao baixá-lo, uma mulher vestida de azul subitamente levantou a tranca, abriu a porta e saltou para dentro do carro. Sem olhar para Otto Lins, ordenou

"Vai, vai logo, arranca!"

Otto Lins obedeceu. Apesar do escuro, a mulher de azul lhe pareceu loura. Virou uma esquina, depois outra e outras conforme as indicações nervosas da mulher, sempre olhando para o vidro de trás; virada no banco, ela se sentava numa posição descomposta e bela.

"Depressa!"

Até que a mulher mandou parar; já rodavam em outro bairro, depois de um itinerário assustador, com uma guinada quase cega a cada esquina. Otto Lins tremia as mãos, exausto como se tivesse corrido por ruas e avenidas. Agora calma, ela se estirava no banco, as costas escorregando para o assento. Olhava para o advogado (também ela com uma promessa de sorriso), que só então pôde confirmar os cabelos dourados da mulher e ver no claro um rosto que lhe lembrava... não, não conseguia se lembrar, mas era linda.

"Você não pode imaginar o bem que você me fez. Preciso agradecer."

"Não, não precisa. Está tudo bem?"

"Toca de novo. Quero dizer *muito obrigada*, num quarto de hotel."

Otto Lins voltou a ligar o carro e saiu. Aprendera naqueles poucos minutos a obedecer às ordens dela. Imaginou-se no centro de uma briga entre o cafetão e a prostituta, ou a dançarina, talvez – mas, fosse o que fosse, todo o reboliço o envolvia numa fumaça de submundo; porém o timbre da voz e o rosto da mulher queriam desmentir essa hipótese. Nem no quarto a mulher de azul o ajudou a entender aquela noite.

"Sabe o que é, meu bem? Sou puta. Puta sofre..."

Otto Lins não aceitava a explicação. Havia uma branca e bem-tratada nudez ao seu lado, e havia também uma mulher real que, por si só, denunciava uma mentira ou pelo meno uma inverossimilhança. E a fala, o principal era a fala, o timbre da voz e o vocabulário.

"Querido, puta é quem trepa por dinheiro. Mais nada. E é isso que eu faço."

"Neste momento, você está trepando porque quer. Aqui e agora, você não é puta".

"Pura puta, meu bem. Você já me pagou com a gasolina."

"Então, além de puta, você é puta barata."

"Puta é puta. O resto é detalhe."

Pediram vodka, a conversa tomou outras direções eróticas, e os dois acabaram sonolentos. Otto Lins cochilou um minuto e quando acordou em sobressalto sentiu que ela lhe alisava a sobrancelha com um dedo inocente. Sorriu e perguntou num sopro quente de voz sem som:

"Por que você é puta?"

Ela respondeu com a mesma voz afônica e quente, o dedo delicado sobre os pelos da sobrancelha de Otto Lins, os narizes afastados por milímetros:

"Nel mezzo del cammin di nostra vita
la diritta via era smarrita."

Otto Lins ficou paralisado. Com uma gargalhada ela quebrou a magia:

"Prostituta florentina, meu querido. Aqui não é comum, mas em Florença é uma praga..."

Otto Lins esticou o braço e puxou a garrafa de vodka. Não sabia o que dizer. Atordoado, sentia perder-se naqueles lençóis escorregadios. Depois dormiram. Quando ele acordou, havia um bilhete no meio do travesseiro dela: *Grazie. Adio. Putana fiorentina.* Otto Lins dobrou o bilhete e o pôs na carteira, entre notas. "Não pode", resmungou. Tomou banho, pagou o hotel e saiu. Girou o botão do rádio assim que entrou no carro, e um pedaço de frase o atingiu como um galho quebrado que se desprende: *...taremos em minutos com novas informações sobre a renúncia do presidente Jânio Quadros.*"

9.

A visita

Havia alguns anos que Rui Medeiros desaparecera do nosso convívio. Por informações ocasionais e incompletas, sabíamos que morava numa espécie de buraco no município de Santa Marta do Indaiá; lá herdara do pai uma fazenda de criação de gado. Se estava rico, como sempre se preparara para ser, ou quebrado, ninguém sabia. Pelo que contava no tempo da escola, suas terras eram extensas, embora a sede ficasse à margem de um córrego cheio de pedras, no fundo abafado de um vale. Era conhecido na região como o "o buraco do Juca".

Mesmo sendo aluno aplicado, Rui falava daquela propriedade, antes e depois de formado, como o lugar onde iria trabalhar e enriquecer. Nunca o ouvimos mencionar os grandes empregos em bancos, empreiteiras ou estatais, as metas de todos nós. Com a formação acadêmica, o que ele terá feito da fazenda administrada a partir de um buraco? E o que terá feito dele próprio ouvindo por anos a fio o fluxo idiota e entorpecente do córrego?

Noêmia me telefonou cedo. Disse que havia pensado numa aventura para o próximo fim de semana e queria saber se estava disposto a acompanhá-la: queria visitar, Rui na fazenda. "Como, se ninguém sabe onde fica isso?" – perguntei.

"Eu sei. Tenho o mapa completo." – Ela estava decidida a rever Rui, namorado antigo, e isso me constrangia. Não me agradava a condição de motorista de Noêmia em viagem para um encontro pessoal, que ela decidiu sozinha e voluntariamente, e no qual buscava fragmentos inúteis e perigosos de coisas quebradas há muito tempo. Isso era assunto dela.

"Nada disso. Só quero é uma viagem diferente e meia dúzia de vaquinhas", garantiu.

Entre a turma que naquele tempo andava com Rui, apenas eu tinha um veículo capaz de levar Noêmia à fazenda. Um tanto contrariado, acabei aceitando o convite; gostava daquele modo coquete de Noêmia me envolver na empreitada, mesmo que me soasse puro capricho. "É maluca, mas adoro." Enquanto os dois revirassem seus lixos pessoais à procura dos cacos, eu caminharia pela margem do córrego e tomaria cachaça e comeria pele de porco com algum peão. Não estaria mal.

Ainda precisamos de faróis acesos ao sair. Trezentos quilômetros de asfalto em quase quatro horas; a manhã e a estrada faziam Noêmia feliz. Às nove horas chegamos a

Santa Marta (vinte e poucos mil habitantes, talvez), as ruas principais pavimentadas com pés-de-moleque, as outras de terra, tudo coberto com uma poeira de cidade em desuso, construções feiosas, muito azul e branco, cachorros e gatos sem rumo, burros, carroças. "Eta vida besta!", resmunguei. "Cala boca, você não entende nada disso", disse Noêmia; ela não tinha o endereço de Rui, mas apostou que bastava perguntar. "Em Santa Marta, só carteiros novatos precisam de endereços." Logo o primeiro senhor a quem perguntamos informou o caminho da casa da família, e lá uma velha negra recebeu-nos sorridente. Explicou como faríamos para pegar a estradinha da fazenda.

Não havia mais que uns sinais ressecados de estradinha espalhados pelo campo. Por longos trechos, às vezes rodávamos livremente, fazendo curvas tontas na esperança de encontrar uma estrada que seguisse adiante. Em duas ocasiões a caminhonete foi rebocada pelo mesmo carro de bois, que nos acompanhou lado a lado, tão lento quanto nós, na extensão de mais de três quilômetros. A felicidade de Noêmia de repente cedeu. Embora eu estivesse cansado e sujo de alto a baixo, ela revelou-se pior ainda; me deu a impressão de ter descoberto num relance um poço de águas turvas. Foi então que vibrou no ar o seu primeiro palavrão: na grosseria crua dita com gosto e ódio, revelou-se um compartimento que eu não conhecia em Noêmia, um buraco do rato no porão do castelo.

Depois daquele ponto em que fomos salvos a segunda vez pelas juntas de bois, a estradinha se desenhou abrindo o capim e desceu sem parar até a porteira da fazenda. Do alto avistamos a casa entre árvores. Parecia silenciosa com seu telhado preto de umidade. Quando paramos em frente à casa, vimos a parede desmoronada à esquerda, expondo as entranhas do que provavelmente tinha sido um quarto. Como do alto, dali também era tudo desolação. Portas e janelas fechadas pareciam pedir que ficássemos calados em respeito a velhas histórias, vivas ainda, mesmo que nelas só desfilassem, mortos. (Histórias sobrevivem.) Nos olhos arregalados de Noêmia havia tristeza e também uma pergunta apressada. Ela correu para os fundos, dando a volta na casa, como se já estivesse atrasada para o encontro com Rui.

Fiquei ouvindo o córrego. Quando contei essa história ao meu amigo Alfredo Mallard, dizendo que alguns minutos depois o choro de Noêmia, sentada na escadinha de trás, me chamou a atenção elevando-se acima do choro idiota da água, ele desenhou no ar com os polegares abertos as proporções de uma tela e pensou naquelas lágrimas que encerravam a história.

10.

O caldo das mangas pretas

Santo Inácio da Vala Velha era um lugarejo de dez mil habitantes, ruas de terra (somente a rua do comércio e um trecho da avenida Presidente João Pinheiro tinham calçamento de pés de moleque). As poças d'água cintilavam por toda parte e pernilongos e mosquitos eram tantos que formavam no ar uma trama quase visível, que se sentia na pele como se estivéssemos no centro da batalha final dos insetos.

No verão, o sol amolecia as mangas e as bananas ainda nas árvores e, antes que os santo-inacenses pudessem colher tantas frutas, apodreciam com a pele preta. As mangas podres se espalhavam e formavam com o colchão de folhas caídas a massa escura e indistinta de cheiro doce que era então a mais forte lembrança que se podia guardar de Santo Inácio.

Por onde andassem os habitantes da cidadezinha, fosse pelo litoral, fosse pelas fazendas onde o estrume do gado não superava a memória do cheiro doce, Santo Inácio era como um tecido do corpo, tecido mole de mangas e folhas podres infiltrado nas sinuosidades do cérebro de cada um. Santo Inácio era irremovível.

Numa tarde desses sóis, em novembro de 1921, Gianfranco Brizzi chegou à cidade. Viu os meninos descansarem à sombra das mangueiras, apoiados nos seus carrinhos de mão; eram meninos que duas ou três casas de comércio pagavam uns trocados para que levassem coisas aqui e ali. Na porta da pensão, Brizzi desceu do único automóvel de Santo Inácio e, logo à sua frente, no outro lado da rua, ficava uma imensa mangueira que se unia a outra mangueira, e sob as árvores se formava um corredor escuro, impenetrável para quem o avistava da claridade, como se ali se abrisse um misterioso túnel de traçado incerto e assustador. Santo Inácio se apresentava a Brizzi, mas ele só mais tarde compreenderia o alcance do cheiro doce que vinha da sombra das mangueiras.

Vinte anos depois o Dr. Brizzi ainda se lembrava daquele Fordinho parado na porta da pensão; com dificuldade, o doutor pousava no chão lamacento o seu baú. E pensou então que não suportaria o lugar por muito tempo. Mas o porte das mangueiras chamou sua atenção e com o tempo ele criou o hábito de passear à tardinha sob a sua sombra, pisando na enxerga de folhas e mangas podres onde os meninos descansavam; quando o dever não o prendia ao hospitalzinho, o Dr. Brizzi caminhava ao léu agasalhado pelo cheiro e, em passo lerdo e silencioso, revisitava a travessia do oceano, a vida e a morte na Itália, as trincheiras de Caporetto na Grande Guerra (naquela carnificina aprendera a ser cirurgião). Numa dessas caminhadas encontrou Sinfrônio.

Já o conhecia de vista e de ouvir falar: tratava-se de uma ovelha negra. Um Barreto, nada menos que isso, que dormia nas ruas, caía bêbado sob o sol da tarde e, quando tinha uma cama, era apenas por uma noite, na zona. Vivia do amor das putas.

O Dr. Brizzi notou que Sinfrônio dormia sobre o próprio vômito e tinha o nariz enfiado na gosma de mangas podres e folhas mortas, misturadas ao vômito. Achou que Sinfrônio Barreto poderia morrer ali mesmo.

Virou-o com o nariz para cima e voltou apressado ao hospitalzinho. Pediu a dois enfermeiros que buscassem o homem, na esquina tal, e o internou. Viu então que o ele tinha uma perfuração de bala no lado direito do tórax, quase lhe atingindo o pulmão. Com uma cirurgia hábil e fria, como nas trincheiras, o Dr. Brizzi removeu a bala e nada cobrou dos irmãos Barreto, que logo chegaram para saber notícias.

"Meus senhores, apesar de tudo esse homem é saudável e forte. O que ele precisa é de um amigo. Quero dizer, senhores, que ele tem as mesmas carências de um cão..."

Enquanto Sinfrônio se recuperava, Gianfranco Brizzi aos poucos se fez ele próprio esse amigo. Descobriu que a ovelha negra era talvez o única pessoa por ali que não se enternecia com aquele lugarejo, o único homem que sabia rir daquela cidade inundada de caldo de manga podre. Depois que lhe deu alta, o médico passou a receber a visita de Sinfrônio no pequeno cômodo ao lado da sua sala de visitas, com entrada independente, que usava como consultório. Sinfrônio vinha tarde da noite e jogavam xadrez. (O primeiro impulso da amizade, aquela atração de segundo grau que se sente pelos vincos do rosto do outro, o Dr. Brizzi o sentiu quando ouviu do irmão de Sinfrônio que ele, o doente, gostava de jogar xadrez – "um vagabundo, mesmo...").

Jogavam e se divertiam. Não tanto com o jogo, que Gianfranco às vezes praticava com os dois únicos adversários que até então conhecia em Santo Inácio, o farmacêutico Olivério Saraiva e o notário Belarmino de Paula Machado. Mas eles tinham modos bem comportados e riam com dificuldade; eram homens sisudos, leais aos coronéis, respeitosos a todas as senhoras, a todos os bispos e vigários. Gianfranco se concentrava no movimento das mãos e esquecia os visitantes. Tendo Sinfrônio como adversário, um xeque-mate não valia tanto quanto os chistes que cruzavam o tabuleiro. Às vezes a partida não resistia à hilaridade, ao rito vingativo de submeter a Santo Inácio dos coronéis ao sangramento pelo ridículo, e ficava para o dia seguinte. Uma dessas partidas ficou interrompida para sempre, eternizada no tabuleiro abandonado por meio de pequenos pregos batidos na base plana das pedras.

Tardinha de fevereiro de 1946. O Dr.Brizzi caminha e pensa no morto, nas noites longas e vinho e gargalhadas.

O dia em que Sinfrônio fez um discurso no campanário da igreja, desafiando o vigário. Agora a força do reverendo impede que seu corpo seja enterrado nos Chorões. O Cemitério dos Chorões é público, laico, e recebe suicidas e ateus sem que lhes questionem a vida ou a morte – exceto Sinfrônio Barreto, que não pode entrar. Era um pecador na plenitude da sua desfaçatez, sem qualquer temor de Deus. Gianfranco Brizzi pensa que tudo será possível – um túmulo, sem prejuízo de si mesmo, pode escolher o perfeito silêncio. O anonimato. O vigário, quem sabe, talvez perdoe.

11.

O homem da noite

O escritório contratara um vigia noturno que logo mereceu a simpatia de todos. Era um homem com idade entre 45 e 50 anos, cuja testa principiava a se alongar numa calva familiar, que a alguns de nós recordava o ex-presidente Juscelino Kubitschek. Muito educado e sorridente, era incapaz de passar por alguém nos corredores sem fazer uma leve reverência com a cabeça e repuxar os lábios oferecendo um meio sorriso discreto e encantadoramente honesto. Seus modos polidos e sempre espontâneos podiam ser apreciados todas as noites, nos poucos minutos que passávamos juntos (ele chegava quando nosso expediente já estava por terminar).

Esses traços, no entanto, embora muito marcados na sua personalidade, só se revelaram com o tempo. Os comentários a respeito do vigia que "parece um diplomata" na verdade só chegaram às nossas conversas depois de algumas semanas de convívio com ele (as estagiárias, que mereciam dele uma solicitude paternal, foram as primeiras a perceber o gentleman que tínhamos no escritório). O que prontamente atraiu nossa atenção foi seu nome – chamava-se, sem maiores constrangimentos, Winston Churchill Vicentino de Oliveira. Há muitos homens chamados Napoleão, outros tantos Lincoln, e há até Jesus Canguçu, sem que ninguém se dê conta; é possível porém que o nome do vigia tivesse feito dele o herdeiro de um restinho, aquele farelo que fica na dobra do bolso, do carisma do grande primeiro-ministro. Nosso Winston não era apenas um empregado comum usando um nome grande demais.

Com um bom humor que muitos tomavam como auto ironia, o que ajudava a aumentar seu prestígio, o homem da noite explicava, como quem pede desculpas, que a pronúncia correta do seu nome era *Vinstón Xurxiu*. Assim era chamado em família desde pequeno. Acrescentava a informação de que *Uínston* era coisa de rico.

"É mais bonito, eu sei. Mas tem nome que não dá certo onde eu nasci..."

Uma manhã, antes que Winston (a maioria de nós optou pela pronúncia formal da palavra inglesa) completasse três meses de casa, a auxiliar do Departamento de Pessoal nos disse, com um sorriso travesso, que o vigia tinha sido preso de madrugada, ali mesmo no escritório. Dona Marieta, a faxineira, trancada na sala do diretor financeiro, telefonara para a polícia.

Dona Marieta era uma mulher de uma palidez parda e sem viço, a pele flácida indicando idade de cinquenta anos ou mais, quando não chegava sequer aos quarenta. Winston, segundo a moça do Pessoal, naquela noite havia jogado dona Marieta sobre um sofá de couro da sala de reuniões, rasgado com violência (inimaginável naquele sujeito) suas calças largas de sarja azul e tentado estuprá-la. A custo e com a ajuda de uma escova de vaso sanitário, que usou como arma, dona Marieta conseguiu escapar do nosso diplomata e trancar-se na primeira sala. Àquela hora da manhã, Winston encontrava-se numa cela da delegacia de polícia da esquina da Rua Arturo Toscanini.

Assim que chegou, o gerente recebeu uma ligação, convocando-o a comparecer imediatamente à delegacia. Voltou impressionado com as palavras do delegado; em resumo, ele relatou que, desde a hora em que deu entrada, às 2:25, o vigia não falava uma palavra, apenas olhava fixamente para quem o abordasse, parecia um psicopata, um elemento perigoso bem capaz de praticar a qualquer momento um delito mais grave. E isso estando bastante ferido na testa, o que em geral leva os agressores a se passarem por vítimas. Percebemos então que o sorriso travesso da auxiliar do Pessoal era na realidade um sorriso nervoso, pois ela própria fora várias vezes abordada pelo Winston daquele modo que parecia uma brincadeira simpática, sorrisos divertidos aqui e ali, mas que agora ela entendia como a premeditação de um assédio. Ela nos contou tudo e concluiu com mais um riso falsamente travesso: "Esse Winston!...".

"E como está a Marieta?" – perguntei.

"Dona Marieta ficou trancada no Financeiro até notar que a polícia tinha chegado, então desceu, toda rasgada, chorando e tremendo muito, e entregou o Winston. Quando chegamos, ela tomou café da manhã com a gente e depois a van levou ela em casa."

"E vocês têm notícia dela?" – eu estava realmente surpreso e revoltado com o nosso diplomata – quem suspeitaria? E a Marieta me parecia tão pobremente frágil para ser atacada!...

A auxiliar do Pessoal explicou que o celular da Marieta estava sempre desligado, mas uma coisa a preocupava. O Artur, motorista, lhe havia contado que, ao ligar o carro para retornar ao escritório, um rapazinho aproximou-se aos gritos da casa da Marieta; não entendendo bem o que o rapaz dizia, Artur teve a impressão de que ele gritava e gesticulava ameaças dirigidas a alguém na casa de Marieta. Parecia fora de si, Artur falou. Ainda bem que Marieta cuidou de fechar a porta de casa a chave e ainda passar uma tranca de ferro. Artur disse que viu bem."

12.

Gustavo e seu talento

No vento que parecia soprar de uma caldeira, Gustavo caminhava diariamente para o trabalho. Fazia-o com certa solenidade interior, lentamente, encarando o mar pelas lentes dos óculos tipo máscara. Jogava as pernas para os lados em passadas bem abertas, à vontade na praia submissa de São Luís do Maranhão, e apreciava a linha distante e macia da divisa entre os azuis da água e do ar. Gustavo estava no Maranhão, no topo geográfico do mapa do Brasil – ele pensava nesse fato extraordinário, nessa aventura inesperada em mares tão longínquos, enquanto triturava sob o solado das sandálias nordestinas de couro cru a areia perdida na calçada. Respirava fundo, a umidade e o vento lhe faziam cafuné nos pulmões; Gustavo amava o calor e aquela certeza de que de norte a sul o mundo o tratava bem.

Formara-se havia pouco em Comunicação, mas nunca soube com muita clareza o que deveria fazer na profissão.

Seria publicitário, claro, mas aprendera no estágio curricular que isso era como desejar ser um cachorro – tanto um lhasa apso quanto um dog alemão são cachorros. Uma professora lhe disse uma vez que a incerteza é normal: "estudante de comunicação quase sempre sabe apenas o que *não* quer".

Mesmo assim, o primeiro emprego veio fácil, quase de imediato, por influência do tio empresário. Depois de um rápido estágio geral na agência de publicidade para onde o tio o encaminhou, Gustavo pôde escolher por onde começar – escolheu ser redator. Descobriu então o que nunca havia percebido – a grande diversão que era escrever, especialmente roteiros para comerciais de TV. A imagem e a narrativa curtíssima, quase a estrutura de uma piada, abriram para ele o universo inesperado: era trabalho, mas não era. Não dominava aquela coisa de texto, regras e vocabulário, mas tinha bons motivos para não ligar para isso. O mesmo diretor que lhe apontou erros e imprecisões num dos seus textos do tempo do estágio (e disse: "a agência ainda não dispõe de um setor de alfabetização em pleno funcionamento"), hoje claramente o incentivava e quase sempre aprovava seus roteiros.

O sucesso se confirmava à noite, na mesa do L'Altro Mondo, na forma de uma rodinha de gente risonha, que aparecia com seus piercings espetados em diferentes cantos do corpo. Como todos ali reunidos, Gustavo recebia várias mãos e pés que lhe chegavam pelas vias de pouca luz sob o tampo da mesa, e dedos agitados abriam espaços na sua calça jeans colada. Nem sempre a natureza dos olhares oferecidos na parte superior do tampo permitia que ele conseguisse associar, para efeito de busca da fonte e da vida daquele erotismo, olhos e dedos. Tudo era breve, passageiro e anedótico no convívio do bar. Gustavo não saberia distinguir entre dedos que lhe abriam o zíper da calça à procura do prazer ou do hilariante, da excitação do risco ou de um personagem para o dia seguinte. Nunca soube, nunca entendeu e por isso nunca devolveu nada além de um olhar inquieto, que imaginava dentro de camadas de círculos concêntricos, como nos quadrinhos. Mas Gustavo era parte da mesa.

Num grupo de publicitários e jornalistas, partiu para São Luís na sua primeira campanha eleitoral. Era um dos redatores dos programas de TV do candidato a governador apoiado pelo patriarca do Maranhão. Horas depois da primeira reunião com os dirigentes políticos da campanha, Gustavo apresentou ao diretor de criação duas ou três alternativas do "conceito" que iria eleger o candidato. Em todas, a base da ideia era valorizar a província, o lugar de cada um como alguma coisa sem igual no mundo, o encanto singular daquilo *é meu*. Gustavo argumentou nas reuniões internas citando Tom Jobim.

A apresentação, realizada com irretocável modernidade tecnológica, impressionantes telões e bebida farta, não durou muito tempo. O patriarca, embora envelhecido e cansado, falou pelo candidato minutos depois de começar o colorido desfile de peças gráficas. Para resumir, aquele senhor de cabelos ralos e brancos, trêmulo e pequeno, disse não. "Há particularidades locais, meus caros. Entre nós, o possessivo meu num tema eleitoral será desfigurado em algo *de minha propriedade, propriedade deste velho que lhes fala*. Sei que vocês entendem." E levantou-se.

No dia seguinte, contaram a Gustavo que o conceito tinha morrido na praia.

"O homem não gostou. Mas talvez ele tenha razão."

"Velho gagá!", reagiu Gustavo.

Uma patinha de caranguejo, um filé de robalo com arroz-de-cuxá, o azul se exibindo no horizonte em tons de espetáculo, e então Gustavo paga a conta do almoço quando o celular toca. Ele diz "já, tenho uma ideia, tô chegando". Desceu a rua do escritório imaginando os lençóis maranhenses (que só conhecia de nome) banhando casas coloniais azulejadas, e as cachoeiras no fundo despejando sua espuma por toda a eternidade, irrevogavelmente maranhenses e brancas. Enfunado orgulho provinciano!

Horas mais tarde a nova estratégia publicitária estava montada, dezenas de pranchas destinadas a tocar o patriarca. Pela primeira vez se podia ouvir a voz de um Maranhão altivo, que tinha orgulho de dizer seu nome, conforme a frase usada pelo planejador no seu texto de defesa. O patriarca chegou tarde da noite, acompanhado pelo candidato e pela cúpula da campanha.

Encerrada a apresentação, todos se olharam contagiados de orgulho. E esperaram por frios segundos a revelação da euforia do velho de sapatos pretos impecáveis como os do rei da Espanha. Enfim o patriarca descruzou as pernas e com rápida passada de mão certificou-se da presença de alguns fios de cabelo.

"Meus amigos, os senhores foram rápidos no gatilho. Vinte e quatro horas atrás estávamos aqui envoltos na insegurança, perdidos no mar."

O planejador respirou imperceptivelmente. O patriarca tomou um gole de água mineral e cochichou algo no ouvido de um assessor. E novamente voltou-se para o grupo.

"Sinto-me um peixe fora d'água ao fazer comentários sobre ciência tão povoada de sutilezas como a comunicação. Mas esta é minha obrigação e penso que a sinceridade é o que esperam de mim. O que posso dizer é que o tema proposto, que nos coloca diante da surpresa da presença do vocábulo *maravilha*, soa aos meus velhos ouvidos nordestinos como uma ironia. Falamos por aqui em *sul maravilha* como algo próprio da irrealidade do Brasil supostamente rico, da fantasia primeiro-mundista de uma parte do pais que oprime a outra parte. Meus caros amigos e amigas, entre nós, essa palavra é irônica. É uma agulha que guardamos para espetar nossos irmãos do sul-maravilha e chamá-los à realidade.

"Quero crer que os senhores se permitiram uma anedota. Uma demonstração do seu talento para o humor.

De qualquer modo, um deboche ou uma demonstração derradeira, acachapante de insensibilidade política. Faço votos de que permaneçam em São Luís ainda por muitos dias, gastem bastante e aproveitem nossas belas praias, mas não mais às expensas desta campanha. Muito obrigado e boa noite."

O patriarca apenas dirigiu-se rapidamente para a porta e todos os políticos e assessores presentes o seguiram. O planejador, de pé no meio da sala, respirou estrepitosamente e perguntou à secretária, que vestia pretíssima minissaia, como os sapatos do patriarca:

"Qual o celular do Gustavo?."

13.

Thien, o porteiro

O Grand Hôtel des Etrangers era um estabelecimento feioso, sem qualquer luxo, mesmo os velhos luxos encardidos já estavam desaparecendo – mas muito bem localizado (número 2 da rue Racine, em frente à esquina da rue des Ecoles). De modo que era o lugar que nos convinha. Aqueles eram tempos difíceis do casamento, mais enfadonhos que turbulentos, e a viagem a Paris, decidida com pressa e pouco dinheiro, fora uma tentativa de apelar ao cenário para que ele influísse no nosso diálogo.

A cidade era uma recordação viva da história que elegemos como a melhor da nossa vida em comum. Até aquelas mesinhas minúsculas nos terraços dos cafés, tão apertadas para dois chocolates e dois casacos retirados no ambiente superaquecido, podiam reacender em nós algum sentimento já apagado havia muito tempo. Quando, ainda pela manhã, chegamos ao hotel e conseguimos nos livrar das malas, não resistimos à ideia juvenil de largar tudo no quarto e sair Saint-Michel acima. Estava de volta aquele março inesquecível dos anos 90, os mesmos prédios e o mesmo calçamento, a mesma solenidade das colunas do Panthéon – da nossa parte, fazíamos tudo conforme o roteiro; descobri que tinha perdido a agilidade de improvisar, e acho que ela também. Mas não importava: passamos em frente à loja de roupas onde se sentava naquele tempo um mendigo barbudo e vigoroso como Victor Hugo, ao lado do seu cachorro, um belo pastor cinzento, e colava num balde de plástico um cartaz de papelão onde se lia "Nous avons faim". Várias vezes depositamos no balde algumas minguadas moedinhas.

"Merci m'sieu dame." Victor Hugo e seu pastor não deixaram herdeiros.

Subimos ao Jardin du Luxembourg e paramos entre todas aquelas pessoas em volta do lago comendo sanduíches e fatias de pizza. Ali estava ele, o Senado, ali estava o gramado e o lago, o sol brilhando docemente sem nos ferir. Depois de também comer fatias de pizza à beira do lago, caminhamos vagarosamente, conversando como não fazíamos desde muitos verões, verões e mais verões, que no Brasil não existe outra estação. O prazer da vida em comum, do sexo e da descoberta dos recantos de sombra do outro, se derretara aos poucos como chocolate caído na calçada. Agora, tínhamos pelo menos uma velha cidade a nosso favor. Caminhamos lentamente pelo boulevard até Montparnasse, até o Closerie de Lilas, e depois entramos na Notre Dame de Champs, onde ficava o prédio da marcenaria em cujo segundo piso Hemingway morou. Tudo isso era mais que a leitura apaixonada de *Paris é uma Festa*; era reencontro da nossa própria existência, no meio da qual a *festa móvel*, aquela que nos acompanha em toda parte e por toda a vida, é um componente mas não é nem metade da paixão – que mesmo assim se acabava. Voltamos tarde ao hotel para tomar posse do nosso quarto.

Logo nessa primeira noite, chamou-nos a atenção o simpático porteiro, um rapaz miúdo e de feições orientais. Era de uma afabilidade espontânea e simples, muito além do estereótipo de funcionários orientais. Nas noites seguintes, nos habituamos a parar no balcão da recepção, onde ficávamos conversando com Thien, nosso novo amigo vietnamita, antes de subir para o quarto. Ele não podia beber em serviço, mas a copa concordou em nos servir um vinho ali mesmo. Todas as noites, tomávamos com Thien nosso último copo. Ela sempre preferia kir royal (e tomava muitos).

Thien nos falava da guerra no seu país, da morte real como tema de brinquedo das crianças, das armas da superpotência militar jogadas contra uma terra tão pobre e frágil, e de como a vida começou então a lhe escapar a cada manhã. Enquanto sobrevivesse, a morte se tornaria uma saída quase desejável, tamanha era a expectativa da sua chegada. E no entanto seu pequeno país resistia. Tudo tinha a perspectiva de um túnel como aquela miríade de buracos que os guerrilheiros emaranharam no fundo da terra para resistir à fúria estudada de um exército regular. Até que Thien decidiu emigrar para a antiga metrópole (que fora a inimiga em outra guerra, quando era menino). Sabia das resistências e dos tantos obstáculos, mas acreditava. Não tinha escolha.

Uma noite ela lhe perguntou como os franceses ouviam sua história. Comentou que deviam vê-lo como um sobrevivente, um herói. Thien ficou pensativo olhando para ela e por fim disse:

"Não, eles não me veem, não me ouvem. Moro aqui há quinze anos e é a primeira vez que falo disso."

Ficamos calados. Tentei tomar um desvio no assunto, perguntando a Thien alguma coisa sobre o seu cotidiano, sobre como vivia entre pessoas que não o ouviam porque nem mesmo o enxergavam. Será que entendi bem? Ele começou a responder, depois de olhar para um ponto morto por alguns segundos: "Eu moro perto daqui, na rue de Vaugirard..." E interrompeu a resposta para atender a um novo hóspede, que depositava a mala na frente do balcão. Quando Thien retornou, se esqueceu daquela frase deixada ao meio, e nenhum de nós tinha mais ânimo para conversar. Nossos últimos copos naquela noite foram bebidos em silêncio; nós observávamos o fundo dos copos secando e Thien parecia desconfortável, aproximava-se e logo se afastava até sua mesa, abrindo gavetas, e voltava a aproximar-se e ficava calado à nossa frente. Estávamos sonolentos enquanto a cidade mítica, o cenário da nossa melhor história, me segredava que éramos um casal decepcionante, recolhendo-se àquela hora e em constrangido silêncio, como se tivéssemos alguma culpa pela guerra e fôssemos responsáveis pelas suas vítimas.

Quebrei o silêncio quando abri a porta do quarto. Pedi a ela que se vestisse como nos melhores tempos (usei mesmo esse eufemismo) e fôssemos jantar por ali, quem sabe num restaurantezinho grego da rue de la Huchette, bem pequeno e escuro, onde eu pudesse enfiar a mão entre suas pernas. Ela não sorriu, não disse nada. Sentou-se na cama e se pôs a examinar o cigarro entre os dedos, o que me parecia uma pose, um mau teatro. Esperei a resposta enquanto olhava no velho espelho do armário a minha figura quase oculta atrás da mancha azinhavrada com o formato da Rússia.

"Vá você", por fim ela disse. "Não estou a fim. Vou dormir. Vá você." E se deitou vestida, com o cigarro na mão. Tomei-lhe o cigarro (ela não reclamou) e o apaguei no cinzeiro. Ela continuou de olhos fechados. Voltei a vestir o casaco e desci para a rua (Thien não estava na portaria). Não tomei a direção da rue da la Huchette, mas a direção contrária. "Vou dormir. Vá você".

14.

O primeiro voo

Ninguém mais tinha interesse em olhar para o céu de sempre, aquele ofuscante desperdício de azul, cansativamente sem novidades. Havia horas que levantavam o queixo e apertavam as pálpebras para enxergar por ali um avião; os promotores do espetáculo prometeram que ele voaria baixo, "arrancando telhados", e faria piruetas para a admiração de todos.

Era um desejo de muitos anos, uma velha inveja de Santo Inácio, que nunca na sua história havia sido o destino de um avião. Os poucos que voaram por lá riscaram o céu numa altitude que demonstrava completa indiferença pela cidade, só com a barriga voltada para baixo, faltando mijar (vai ver que mijaram e fomos salvos pelo vento). Mas agora nos garantiram que viria um para Santo Inácio, e só para Santo Inácio – e vinha de onde? De onde? Da Base Aérea de Santa Cruz, no Rio de Janeiro. Será que vem direto?

Sai ainda de madrugada da Capital, voa e ronca quase o dia inteiro e chega a Santo Inácio por essa hora. Não, não é bem assim. É longe, tem de abastecer no meio da viagem, pois o tanque do aviãozinho é pequeno. Ele é todo pequeno: só tem lugar para uma pessoa mas faz acrobacias, o que não é toda hora que se vê. Não é um avião comum, para carregar passageiros e malas.

Papéis cor-de-rosa, impressos com letras grossas, finas, inclinadas, rebuscadas, sombreadas e até mesmo letras simples e normais (estas para as informações sem importância) foram espalhados aos milhares em toda a cidade, principalmente na praça da matriz. A papelada rosa formou sobre o calçamento da praça uma camada espessa que lembrava o tapete de flores das procissões de Corpus Christi.

DOMINGO!
AVIÃO DE ACROBACIA EM SANTO INÁCIO!

Informavam que à hora tal, nos céus da Praça Santo Inácio, moderno aeroplano faria evoluções espetaculares para o deleite de todo o povo santoinaciano, sob o comando do jovem e intrépido conterrâneo, o tenente Evaristo Pinheiro, membro de ilustre família de nossa cidade. Desde cedo, a praça encheu-se de carrinhos de pipoca e de algodão doce, e começaram a chegar também os esquisitos e os bêbados. Eram dois os grandes bêbados de Santo Inácio da Vala Velha.

O mais velho era Sinfrônio Barreto, um bêbado respeitável, em certo sentido – muitos ainda se lembravam dele vestindo batina e se preparando para ser padre. Como o tenente Evaristo, pertencia a uma família ilustre. Um dia, sem que se soubesse o motivo, Sinfrônio Barreto abandonou o seminário. Meses depois retornou a Santo Inácio e escolheu o modo de vida mais dissoluto. Foi morar num rendez-vous para os lados da matriz, o único fora da zona. Não era menos prostíbulo, mas era mais caro e mais discreto; e assim, de usuário e capelão da casa, Sinfrônio passou a inquilino.

O outro grande bêbado, menos velho, mulato barbudo, alto e magro, nunca havia passado de um pinguço, vagabundo sem origem, mas era risonho e querido. Ninguém sabia ao certo seu nome verdadeiro: se lhe perguntavam, respondia com o primeiro que lhe ocorria. Para todo mundo era apenas o Rosa. E igualmente não se conhecia a razão do Rosa.

O grupo dos esquisitos era numeroso e diversificado; como o homem que ia a todos os velórios, em sua bicicleta, do Bairro Baixo às casinhas com bananeiras da Lagoa da Seriema, um extremo a outro. Ia às vezes a três ou quatro velórios num só dia, e sempre triste. Havia a mulher do papo de corda, de cujo pescoço descia um bócio suntuoso que lhe chegava à cintura, chamada dona Cumé. A estrela mais recente do grupo era a mulher que surpreendera o marido, na sua própria cama, em companhia do motorista de caminhão que prestava serviços à serralheria da família. Desde então começara a procurar homens pelas calçadas e botequins, a oferecer-se sob maquiagem borrada e a emagrecer e a envelhecer como se cada parceiro fosse uma parcela de um longo suicídio. Quem atendeu ao apelo daquele corpo humilhado e vingador, contou que ela não era uma mulher desprezível, mas apenas esquisita. Seu olhar era morto, seu perfume era caro e delicado, em contraste com a boca, que de uma hora para outra saiu pela cidade e arredores chupando todo mundo, mas não tinha a leveza e o jeito e arranhava seus parceiros com os dentes sem experiência. Essa mulher, Nise, que também pertencia a boa família da nossa cidade e fora aluna do colégio das freiras, andava pela Praça Santo Inácio com o mesmo olhar morto e a saia justa, e a essa hora da manhã já parecia cansada. Mesmo com seu aspecto de erotismo trágico, as outras mulheres a enxergavam como um perigo à solta, incontrolável, insidioso como mosca infecta.

Pessoas vindas de lugares não sabidos, em grupos falantes, se aproximavam, misturavam-se com as senhoras da missa das oito. Ao que se lembrava, nunca houve encontro tão cru e frontal em Santo Inácio. A comunidade da missa, quando saiu de casa, não imaginava o quanto haveria de sacrifício no santo dever daquele domingo; a coisa limpa era a igreja e sua praça e suas pessoas de costume, sem cheiro ou com cheiro bom. Luís de Brito, correto, sensato e vizinho separado da igreja só por um canteiro e seis metros de pés-de-moleque, estava sentado na sua poltrona de vime, arrastada para a calçada juntamente com assentos para mais meia dúzia de parentes. Brito observava. Não falava com os familiares nem com ninguém, mas observava.

Sua boca lembrava um traço marcado a prego, irregular, com os cantos virados para baixo. Debaixo da árvore, no canteiro em frente à sua poltrona, a cabeça do Rosa se apoiava na raiz e ele roncava o último sono da manhã, indiferente até a Sinfrônio Barreto. Perto do Rosa, Sinfrônio deixara um embornal para marcar seu lugar e impacientemente procurava algum objeto; curvava-se, batia as mãos na grama e logo voltava reexaminando o mesmo caminho, que passava sobre as pernas do Rosa. A cada vez que Sinfrônio transpunha aquelas pernas descarnadas, deixava que a sola da sua botina raspasse a pele ressecada da canela, e praguejava:

"Vai apagar no inferno, fié da puta!"

Esquadrinhando o terreno, de vez em quando recolhia alguma coisa e a jogava no embornal, pardo de tão sujo. Perto da árvore passou afinal a Nise, a ex-mulher do serralheiro. Ela vagava pelas quatro fontes da praça, fixava o olhar numa pessoa como se fosse falar com ela, mas não lhe falava, e era preciso que seu corpo inteiro se movesse para que os olhos a acompanhassem e fossem embora. Era sempre assim nos quatro cantos, mas na árvore do Rosa a "viúva" parou. (Alguns não acreditavam que o serralheiro sumira para os lados de Franca e garantiam que Nise e o negro do caminhão deram cabo dele.) Ela viu quando Sinfrônio Barreto raspou o solado da botina na canela já esfolada do Rosa. O barro que estava grudado na botina se acumulara ao lado da canela preta e fina, parecendo mesmo uma lâmina de limpa-pé. A mulher escutou a voz embaralhada de Sinfrônio:

"Inferno, fié da puta..."

Achou que era crueldade demais, aquele roçar de solado em cima de uma ferida aberta e viva. Nise encarou a canela preta manchada de vermelho e a cara do Sinfrônio. Na calçada do outro lado da árvore, da grama e da passagem de automóveis, Luís de Brito olhava quieto com sua boca de risca de prego. Nise chegou a Sinfrônio:

"Mas é muita maldade... o senhor não tem coração?"

Sinfrônio olhou para Nise, ficou olhando e depois saiu. Não respondeu e foi sentar-se ao lado do embornal.

"O senhor não tem coração" – concluiu Nise. Pela primeira vez em muito tempo seus olhos mostravam algum sinal de vida e ela dizia qualquer coisa além de uma necessidade imediata.

O Rosa começou a acordar e a sentir o ardor na pele. Serrou os dentes e apertou a mão em volta da canela; não sabia que pereba latejante era aquela. Esticou-se outra vez com a cabeça sobre a raiz e deu um urro, avisando ao mundo em torno que agora as feridas podiam aparecer sem explicação, que elas vinham, simplesmente chegavam sem avisar. Tudo estava muito mudado.

A "viúva" foi agachar-se ao lado do Rosa. Sua saia escorregou pelas coxas e se embolou sobre a calcinha, num despudor carnavalesco. Os olhos de Brito assinalaram algo novo, e seus maxilares, que se moviam como mecanismo de uma máquina, aceleraram-se. Nise se debruçou sobre o ferimento e, com a mão em cima da papa de sangue, sentiu o cheiro de suor velho. Girou o corpo, abrindo um pouco as pernas, e aproximou-se do rosto do rosto do Rosa, encarou de muito perto os olhos amarelos e a barba rala. O bafo de cachaça era mais forte que todos os cheiros, mas Nise estava acostumada.

"Foi ele. O Sinfrônio. Pisou até machucar."

"Aaaaaaaaaaaaaaaaiiiiii..."

Num salto que a "viúva" julgou impossível quando o pressentira, Rosa se pôs de pé. Marchou sobre Sinfrônio. Sentado na grama, Sinfrônio ouviu então o autofalante da torre:

"Povo santoinaciano, atenção povo de Santo Inácio" – era a voz radiofônica de Peixoto Neto, um dos organizadores da apresentação:

"Nosso grande conterrâneo, o tenente-aviador Evaristo Pinheiro, enfrentou um pequeno contratempo quando voava sobre a Zona da Mata. Nas proximidades de Juiz de Fora, o mau tempo obrigou o tenente a fazer uma aterrissagem de emergência na Base Aérea de Barbacena. Fomos informados do fato neste momento, por radioamador; de modo que haverá um pequeno atraso, mas não tarda o avião estará nos céus de Santo Inácio." Subiram os acordes de um baião.

Silêncio e atenção na praça. Rosa também parou e esperou. Quando Peixoto Neto se calou, Rosa deu um pontapé no ombro de Sinfrônio, que tombou para o lado. Ao armar o segundo pontapé, Rosa foi puxado por Nise e desperdiçou no ar a força acumulada e também caiu; a "viúva" o segurou deitado na grama, passando-lhe a mão sobre o peito dentro da camisa aberta.

Brito observava. A linha do prego se apertava e se mexia como se ali pulsasse uma colônia de micróbios. Sinfrônio veio até o Rosa com o indicador esticado no olho do outro, preso à grama:

"Chuta de novo, fié da puta!"

Com a cabeça no chão, Rosa olhou para Sinfrônio e sentiu que o cotovelo de Nise o imobilizava, e ela era mais forte que ele. Então Nisse falou quase com doçura:

"Sai pra lá, Sinfrônio. Ele só te deu o troco."

"Cala a boca, vagabunda!" – gritou Sinfrônio."

"Sai daqui!" – devolveu Nise.

Brito se levantou e puxou a calça para o alto da barriga. Alguém gritou:

"Chama o negão pra ela, Sinfrônio."

Nise procurou por perto a boca de onde tinha saído a piada. Devagar se agachou outra vez segurando o peito do Rosa, que já tentava se levantar. Nise pôs o joelho na barriga do Rosa e disse colando a boca ao seu ouvido:

"Fica quieto, Rosa. Eu faço um curativo na ferida. Fica quieto."

"Levanta daí, fié das puta, a vagabunda cata-macho e o nego fedorento" – gritou o Sinfrônio, rouco, embolando palavras e quase caindo. "Fié das puta, fié das puta" – fez seu último esforço e caiu. Risos na plateia: a praça àquela hora estava lotada, mas poucos, muito poucos, prestavam atenção naquele canto onde se desenrolava uma briga de bêbados.

O Rosa também se aquietou sob o joelho de Nise. Sinfrônio levantou-se, misturou as pernas, quase caiu outra vez e enfim se aprumou. Lançou um olhar cheio de mágoa sobre Nise e Rosa, que não o olhavam, e saiu rumo à porta lateral da igreja. Logo ao entrar encontrou Aristeu, o sacristão, e perguntou onde podia passar uma água no rosto porque estava suado e sujo de tanta raiva. Aristeu deve ter pensado no homem bom da estrada de Samaria e então, apesar da repulsa, disse ao Sinfrônio que podia abrir a porta ao lado de São Sebastião, que à direita ficava a pia de cimento. Sinfrônio, confuso na santa penumbra, caminhou sobre os ladrilhos frescos abriu a porta pesada com dobradiça de mola e de fato viu a pia de cimento e o sabão caseiro, girou a torneira e enfiou a cabeça na torrente. Tirou a camisa esfarrapada e se enxugou com ela; e notou uma escada que saía em frente.

Aproximou-se e examinou os degraus gastos, subiu o primeiro lance; acima da primeira curva, a escada continuava subindo. Sinfrônio vestiu o trapo de camisa e foi adiante, subiu desconfiado de lance em lance, de curva em curva, o teto baixo e as paredes escurecidas de umidade, o cheiro de alma e de velhice. Ele não sabia daquela escada, mas sabia que alguma escada levava ao sino; queria tocar o sino. Já estava ofegante e sentou-se no degrau estreito. Com sacrifício e tonturas, subiu os três últimos degraus, dispostos numa curva que chegava ao campanário, com a porta toda aberta sobre o balaústre ao redor do sino. Sinfrônio saiu para a claridade do campanário e teve medo da altura.

Olhou para a praça lotada de gente e percebeu que a torre não era tão alta quanto supunha lembrar; podia até distinguir caras conhecidas na multidão. Deu alguns passos para o lado da casa do Brito. Debaixo da árvore ficara seu embornal. Ali estariam também o Rosa e a vagabunda. O resto era o povo, o grande povo olhando para o azul bobo do céu. Viu do alto que Nise e o Rosa estavam para sair, ela batendo as mãos na saia; iam para o inferno!

"Fié das puta!" – gritou Sinfrônio do campanário. Deu tudo que seu peito podia.

"Fié das puta!" – repetiu, um pouco mais forte, a voz da torre.

Muitos olharam para o Sinfrônio nas alturas. Contaram a Luís de Brito, que se levantou da sua cadeira e veio para frente da árvore olhar para o alto da torre:

"Fié das puta!. Sois tudo fié das puta!" – Sinfrônio se segurava no balaústre como no tempo em que subira ao púlpito e tentara os primeiros sermões, e se sentia Vieira, Bossuet, Tomás de Aquino. Fazendo com a outra mão um movimento da largura da praça, do tamanho de Santo Inácio inteira, Sinfrônio jogou tanta força na voz que ela fraquejou e desapareceu, mas antes se ouviu até o último fiapo rouco:

"Sois tudo, tudo, tudo fié das puta! O prefeito é fié da puta, o avião é fié da puta!".

Cada pessoa na Praça Santo Inácio tinha talvez um pouquinho de simpatia pelo esforço gratuito do bêbado antipático. Foi quando dois soldados da polícia chegaram por trás dele, esbarrando no sino e o tocando sem propósito, e levaram Sinfrônio.

Um ruído de avião interrompeu a algazarra. O povo olhou para cima. O avião se aproximava baixo pelos lados do Morro da Jacira. O motor urrava como se trouxesse uma ameaça e vinha numa linha que parecia destinada a se chocar com a ponta da torre. Já virando uma esquina da praça, onde o povo era mais ralo, o Rosa mancava e se virava para o avião. A "viúva" tinha um ar de impaciência.

Luís de Brito nem voltara para sua cadeira de vime. De pé em frente à árvore, com a boca aberta, admirava o avião do tenente Evaristo Pinheiro. O primeiro avião enfim sobrevoava a Praça Santo Inácio, pertinho, e foi ali que ele de repente empinou o nariz e arremeteu para cima da cruz da torre, tirando tinta na pontinha. E dali continuou subindo, subindo, até seu barulho ficar longe e lá daquele cume começar a despencar com as asas girando como braços desgovernados descendo para o chão da praça. Um murmúrio percorreu a multidão e a cada um o fim estava ali, o do tenente e o seu próprio, esmagado por aquela máquina sem futuro – no último exato minuto o corpo cadente recobrou a força e o urro, as asas se alongaram na firme horizontal e a máquina voou deixando embaixo uma alegre paz orgulhosa.

O avião, que tinha um nariz arrogante e uma capotinha pequena de vidro – dali manobrava o bravo e ilustre Evaristo – e, com uma pintura confusa de cores do mato, foi se alojar mais uma vez no alto azul. Começou a soltar fumaça. Saía um tracinho e depois parava. De repente, emendou um traço forte, decidido, que ia formando com os mergulhos e as arremetidas algumas letras inteiras, claras; e antes que o vento anulasse a primeira letra, Evaristo Pinheiro acabou de desenhar no céu a nossa cidade – S Inácio. Por fim o traço como que se calou e o vento o deformava à vontade enquanto o avião voava desocupado, de volta ao Morro da Jacira, à Lagoa da Seriema e às fronteiras de Santo Inácio. E voltava balançando as asas como um menino e de novo roçava a barriga nas árvores da praça ou girava sobre o dorso e passava voando de barriga para cima. Até que desapareceu atrás da torre. A praça ainda estava cheia e o povo buscava no céu algum resto de novidade.

Brito voltou para sua poltrona de vime e também procurava o sinal no céu. Ouviu quando a voz de Linda Batista se calou no alto-falante da torre e entrou o Peixoto Neto:

"A senhora já possui sua moderna máquina de costura

Singer? Na Casa Portugal, a senhora encontra qualidade Singer com preço sem igual! Casa Portugal, em frente ao cinema, tem de tudo, o melhor preço etcetera e tal."

Era a primeira vez que Luís de Brito ouvia o reclame. Em seguida, Linda Batista recomeçou, mas ninguém ouviu mais: o tenente vinha mais baixo que das outras vezes, mais ruidoso e mais veloz. Subiu de repente quase na vertical bem acima das cabeças do povo e quase raspou a barriga na torre; voltou à posição normal, fez a volta sobre o descampado, e retornou decidido a despencar sobre a massa – com outro grave murmúrio, o povo abriu uma clareira no meio da praça e dali, fazendo da clareira um tipo de catapulta, Evaristo Pinheiro subiu, subiu numa arremetida quase a prumo, colando seu avião no muro do céu, subiu e subiu, as pessoas olhavam embasbacadas imaginando que o avião podia sumir no infinito, subiu até que o nariz lentamente virou para baixo e o avião despencou, as asas outra vez começaram a rodar como braços perdidos, o motor em silêncio e o murmúrio levantou-se de novo no meio do povo santoinaciano, acompanhado por alguns gritos de moças que não conseguiam saber onde o avião se chocaria com o chão, se no meio da praça ou sobre o cinema, e algumas seguraram a respiração enquanto o avião despencava sem esperança, até que ele se endireitou, o motor reviveu e o avião rumou para o alto, indiferente.

A voz de Peixoto Neto na torre:

"Muito obrigado, ao povo santoinaciano! As senhoras e

os senhores presenciaram um espetáculo inesquecível. Nosso agradecimento também à Casa Portugal, onde a senhora adquire a sua máquina de costura Singer. Bom domingo, a todos!"

O grande palco azul começava a se apagar. Sobre o calçamento de pé-de-moleque voavam agora os panfletos cor-de-rosa, tão amassados quanto as flores quando Cristo se vai. Luís de Brito, com os punhos gordos apoiados no parapeito do janelão do quarto, olhava a praça se esvaziar. Avistava três das quatro fontes; estavam secas mas tinham luz e por isso, quando chegava a noite, ganhavam algum sentido. Viu também quando o Rosa passou mancando. Parecia mais limpo. Brito pediu à mulher que arrumasse sua mala pequena, porque viajaria cedo. E desceu.

Em casa, a "viúva" jogou fora pedaços de gaze que sobraram do curativo do Rosa. Passava álcool na pia quando bateram na porta. Teve certeza de que o Rosa estava de volta, querendo um pouco mais de curativo. Pensou em não abrir, mas ficou com pena. Abriu e viu o sorriso difícil, naquele momento abobalhado, de Luís de Brito.

15.

Vernissage

O marchand confessava pelo pintor uma admiração antiga e arrebatada. Chamara-lhe a atenção ao expor pela primeira vez, numa coletiva de artistas latino-americanos, em Nova York, a tela que desde então ficou conhecida como *The Purple Truck*. Esse quadro, na sua opinião, era a pintura mais importante surgida na arte brasileira havia anos. "Seus contornos inquietos e caóticos se apresentam como o litoral exuberante de um oceano de cores em conflito, num tumulto de sensações que deixa à mostra uma espécie de momento inaugural e selvagem do nascimento cromático; parafraseando Dostoievski, se esses contornos não existissem, tudo seria permitido àquela força enlouquecida" – assim pensava o marchand, conforme escrevera em texto para uma publicação de prestígio, patrocinada pelo do Ministério da Cultura.

Uma noite, antes de fechar as portas da galeria, recebeu um telefonema do pintor. Este, muito polidamente, agradeceu-lhe a opinião que manifestou no artigo a respeito do *Truck* e lhe propôs uma exposição de novos trabalhos; incluíam experiências novas, ainda inéditas em galerias, e que significavam rumos surpreendentes no seu trabalho. Por fim, o artista anunciou ao marchand que "o proprietário pode ceder o *Truck* para fica exposto durante o vernissage."

Imediatamente agendaram a data da mostra e iniciaram os preparativos; a exposição recebeu o nome de *Novas Cargas*. A assessoria de divulgação, os funcionários, os amigos e os clientes habituais foram informados do evento como um recomeço na história da casa, já considerada talvez a mais importante e inovadora da capital. Um rico catálogo foi preparado; incluía trechos do artigo do marchand, além de comentários e estudos assinados por críticos de renome. Nunca uma quantidade tão grande de convites foi expedida. Personalidades de todas as áreas culturais, autoridades, profissionais de destaque da mídia e empresários, além do charmoso universo das pessoas de charme (ou glamour, como agora se usava dizer, afrancesando-se arbitrariamente uma velha palavra inglesa). Um convite entregue em mãos, cercado de toda a formalidade, foi destinado ao ex-governador que em breve seria consagrado pelo seu partido como candidato à Presidência da República.

Na noite do evento, o espaço da galeria, mesmo amplo como era, estava lotado. Bebia-se *prosecco* do Veneto e comiam-se pequenas maravilhas sem sabor, e todos admiravam as telas, os decotes e um ou outro rosto, que infelizmente não depende do livre arbítrio. O artista, muito informal, com a barba grisalha descuidada e os óculos tortos no rosto, era a pessoa menos condizente com o evento, mas estava cercado de admiradores verdadeiramente encantados.

Mais tarde, quando a bebida começava a produzir alguma alegria mais explícita, entrou um grupo que trouxe novas noções de elegância ao espaço: vários senhores contrafeitos naquele ambiente, quase todos de gravata vermelha, dois militares e, no centro das atenções, o ex-governador com a bandeirinha do estado espetada na lapela abundantemente larga – um homem calvo mas atlético e jovial. Ocupou um canto da galeria com seu grupo, e garçons foram destacados para servir-lhes com exclusividade. Ele, o futuro candidato, não parecia ter tempo para os quadros, mas conversava animadamente. Alguém apresentou-lhe o pintor.

"Sua pintura me lembra o... aquele pintor, o..." – disse o ex-governador, estalando os dedos sem se lembrar do nome.

"Bracher" – disse uma assessora.

"Bracher?" – repetiu o político. "Que Bracher, minha filha. Esse eu não conheço, eu digo é o..." – e balançava a cabeça tentando lembrar o nome, e aceitou mais um copo de uísque e em seguida voltou-se outra vez para o pintor:

"Quem é, meu amigo? Seu trabalho é igual ao de quem?"

"Não sei, governador. Acho que não é exatamente igual..."

"Não é igual o quê, meu amigo. Um é escarrado o trabalho do outro" – riu o ex-governador, juntamente com sua assessoria. "Você sabe quem é..."

"Sinceramente, governador, não sei de quem o senhor está..."

"Bom, se você não sabe, eu é que vou saber?" – encerrou a questão o provável candidato a presidente. E abriu os braços para receber afetuoso cumprimento de um desembargador que acabara de chegar, suado e de terno preto brilhante.

O pintor aproveitou para retirar-se da roda, amarfanhado e só, segurando o copo que foi reabastecer com a garrafa de cachaça da sua terra natal, que escondera para esse fim atrás de uma lata de biscoitos no armário da copa.

16.

Alfredinho Lapin

Nascido em Apucarana, norte do Paraná, Alfredo Mallard deixou a cidade ainda menino; seu pai, o arquiteto Bernardino, não era natural do lugar e tomou outro rumo quando entendeu que o extraordinário surto de enriquecimento da região estava para acabar, em consequência da queda do preço do café no mercado internacional. O negócio de construção afundaria junto.

Bernardino Mallard, que antes já se dizia desgostoso e cansado de certas particularidades da profissão, que considerava inevitáveis e frustrantes, mudou-se com a família para Santo Antônio do Amparo, no sul de Minas, onde tinha parentes. Comprou uma pequena fazenda (pouco mais que a casa da sede) e dedicou-se à criação de coelhos. Na época uma novidade, a carne de coelho apenas começava a ganhar apreciadores, mas a cunicultura (palavra que Bernardino gostava de usar só para ver a malícia nos sorrisinhos "que sempre acham graça das mesmas coisas") era um investimento relativamente baixo. O sítio, a poucas centenas de metros da área urbana, era também a casa da família na cidade. Toda manhã Bernardino tirava da garagem seu Studebaker azul e levava o filho à escola; pouco depois, Alfredinho ganhou uma bicicleta novinha, brilhante e preta, e passou a ir às aulas na Monark.

O garoto crescia em meio aos viveiros e abatedouros de coelhos – essas instalações logo se tornaram um dos assuntos preferidos da cidade – e era conhecido entre os colegas como Alfredinho Cuei. A professora o considerava um talento como poucos em redação; disse a Bernardino e a Lisete que os professores admiravam sua imaginação e os textos maduros escritos num vocabulário muito rico para um garoto de doze anos. Um sábado, Bernardino chamou o filho para irem à oficina do Klaus, o alemão vermelho e enorme que tinha uma oficina na saída da cidade (aparecera um barulho suspeito na barra da direção do Studebaker). A oficina ocupava um galpão nos fundos da casa de Klaus.

Quando entraram no galpão, os freios do Studebaker guincharam como um animal condenado e Klaus apontou uma roda: "Essa lona de freio não vale mais nada, hein!". Marlene estava lá, o que era raro. Bernardino não conseguiu disfarçar a agitação diante da mulher de Klaus (uma alemãzinha de cabelos escuros e olhos azuis, que ensinava francês no colégio, tocava harpa e fazia enorme sucesso no clube).

Ao contrário, Marlene, sorridente e caseira, não pareceu ligar para a chegada de um cliente de Klaus assim tão cedo; calçava chinelos e vestia uma roupa branca e folgada, que Bernardino imaginou ser o que chamavam de quimono, e não ter nada por baixo. Cumprimentou o arquiteto, perguntou pela "senhora Lisete" e logo passou a dar atenção a Alfredinho. Agitou seus cabelos e perguntou de qual time era aquela camisa que ele vestia, toda azul com um galo no peito e as letras FFF.

"Da seleção da França", Alfredinho respondeu.

"Ah! Que bonita! Sabe que minha mãe era francesa?", disse Marlene, divertida, levantando o braço como se comemorasse um gol francês. Alfredinho riu e começou a achar dona Marlene mais bonita ainda. Ela segurou sua mão e apontou Bernardino com um dedinho meio escondido, um gesto cúmplice:

"Pergunta a ele se você pode comer um docinho agora."

Bernardino admirava Marlene de cócoras diante do filho, com aquele sorriso enorme e colorido. Ela não esperou a autorização e puxou Alfredinho para dentro de casa.

"Ganhei um doce que acho que você vai adorar – gosta de abacaxi?"

"Gosto."

"E de chocolate?"

"Gosto."

"Então, torta de abacaxi com chocolate!" – e Marlene

serviu um prato que Alfredinho achou que bem podia ser mais cheio.

"Dona Marlene, então é por isso que a senhora dá aula de francês?"

"Por isso... por quê?"

"Porque sua mãe era..."

"Sim, é por isso, desde pequena falei as duas línguas – alemão do meu pai e francês da minha mãe. Essa língua bonita que vocês falam aqui, o português, aprendi depois, quando vim para o Brasil com Klaus. Aprendi depois de grande. Por isso é que falo português tão esquisito, tão cheio de sotaque."

"Sotaque?"

"É, esse modo estranho de falar."

"Eu acho bonito falar assim..."

"É mesmo? Oh! Fico feliz que você não me acha uma chata. Mas isso mostra que a pessoa é estrangeira, nasceu em outro país, e nem todos gostam desse modo falar."

"Eu acho bobo não gostar."

Marlene jogou a cabeça para trás com uma gargalhada. Alfredinho ficou fascinado com aquele riso, com a professora de francês casada com o alemão rindo daquele jeito. O quimono estava um pouco relaxado, Marlene percebeu e o ajustou, apertando o cinto. Ainda ria quando acabou de dar o laço na faixa de servia de cinto.

"Sabe que você é um menino muito inteligente?

E é também muito carinhoso com essa professora estrangeira, muito cavalheiro."

"Eu sempre achei a senhora muito bonita."

"Não acredito... estou vermelha."

"É mesmo: eu sempre achei. Eu vejo a senhora passar na frente do meu Grupo."

"Estou encantada com você, garoto. E você gostou da torta?"

"Gostei."

"Quer mais?"

"Obrigado, dona Marlene."

Marlene voltou a enfiar os dedos nos cabelos de Alfredinho e depois os penteou com os dedos e as unhas e em seguida segurou com as duas mãos aquele rosto magrelo e por um segundo os olhos azuis entraram fundo nos olhos de Alfredinho, que via tudo aquilo de pertinho, o sorriso e os olhos, como coisa acontecendo só para ele e que ele pensava que só existia no cinema, mas ali ele sentia também o perfume nas mãos. Marlene enfim segurou seu ombro e saíram os dois de volta à oficina.

"Doutor Bernardino, aqui está o rapazinho, são e salvo. Estou encantada com seu filho".

O Studebaker ficaria e a velha Kombi do alemão já estava a postos, embicada para o portão, esperando Alfredinho para que Klaus levasse o cliente e o menino de volta para casa. A oficina ficava longe e a Kombi era uma cortesia necessária. Alfredinho se ajoelhou no banco de trás e ficou olhando pelo vidro do bagageiro a oficina sumir, mas pôde ver quando a professora de francês entrou pela porta da cozinha, onde a torta ainda devia estar na mesa, e o galpão ficou vazio.

17.

Teoria da Rebelião das Coisas

Fomos a Celigny, pequena cidade às margens do Lago Léman, onde mora o físico José Cubillas y Loredano. Ele lecionou na Universidade de Genebra até se aposentar, vítima de um câncer de pulmão que, ao ser diagnosticado, prometia matá-lo em três meses. Não matou, ao contrário, estagnou-se e com o tempo regrediu, e pudemos ver o professor, com aparência saudável, anos depois em seu pequeno apartamento de onde se avista o lago atrás dos pinheiros. José Cubillas, boliviano com cara de espanhol colonizador, ganhou no início da década de 1980 um dos mais famosos prêmios do mundo pela sua *Teoria da Rebelião das Coisas*.

O professor nos recebeu, a mim e a minha mulher, com uma simpatia que logo me desarmou, sem falar da sua coleção de chás. Confesso que estava preocupado, temeroso da reação do homem, apesar da longa experiência em ouvir e provocar estrelas de todo tipo. Mas Cubillas era diferente, sabíamos. Sua teoria parte da tese de que, se existe no universo algum princípio lógico – ou alguma "inteligência" ordenadora, se assim se deseja dizer –, não pode haver conflito entre massa inanimada e seres vivos. Em outras palavras: uma rocha, criada pela natureza harmoniosa, não pode deslocar-se numa avalanche capaz de soterrar uma aldeia habitada por seres vivos, criados pela mesma natureza harmoniosa. Se esse fato efetivamente ocorre, há duas possibilidades a considerar: não existe qualquer lógica no universo, tudo é arbítrio e risco, ou a matéria, à maneira dos anjos, rebelou-se e se armou de uma força ameaçadora e francamente hostil. Todas as leis naturais são, neste caso, consequência de um estado de guerra no qual, por exemplo, a gravidade substituiu a faculdade irrestrita de levitar que antes todas as massas possuíam, amaciando ou evitando o choque entre si.

Observando o professor no seu ininterrupto ir e vir entre a cozinha e a sala de estar, onde aparecia com uma variedade impensável de chás, água fervente, queijos, biscoitinhos, chocolates e geleias, me pus a pensar sobre sua teoria – ou o disparate dela. Até aquele dia, a hipótese do disparate era a avaliação mais aceita – ou na verdade a única alternativa aceita para classificar a tese de José Cubillas y Loredano. Ele foi afinal o grande vencedor do Prêmio IgNobel de Física, destinado ao trabalho mais imprestável, mais risível produzido no ano naquele campo científico.. Mas Cubillas não revelava qualquer desconforto com a premiação. Ao contrário, mostrava-se seguro, além de parecer alegre com a nossa presença; achei-o até mesmo um tanto excessivo quanto aos lábios de Zoé, que elogiou muitas vezes – bastava que ela começasse a falar, Cubillas interrompia seu pensamento para repetir o bordão dos lábios. Cheguei a me perguntar sobre a sanidade mental do célebre físico.

Depois de nos servir um chá indonésio que informou ter recebido de presente na véspera ("Tem um sabor muito surpreendente!"), o professor me convidou a ir até a janela.

"Quero mostrar-lhe algo interessante, antes que o senhor comece a me fazer uma catarata de perguntas."

Da janela se via a linha férrea estendida lá embaixo, ladeada pela minúscula estação. Do outro lado da ferrovia, a cidade recomeçava e havia diversas construções até os limites do Lago Léman. Cubillas apontou para uma casa enorme e sem qualquer rebuscamento arquitetônico, simples como um celeiro sob seu telhado de duas águas. A casa ocupava o centro de um terreno tão grande quanto um campo de futebol; todo gramado, exibia aqui e ali uma ou outra árvore e algumas pequenas edificações.

O professor apontou-me o terreno:

"Está vendo aquela casa com jeito de hangar?"

"Sim. Deve ser muito confortável, não? Ou talvez seja um depósito..."

"Não, não é um depósito. É, ou era, uma bela residência. Sabe quem morava ali? O ator galês Richard Burton, um dos grandes intérpretes de Shakespeare que já passaram pelo teatro inglês. Mas que ficou conhecido popularmente, em todo o mundo, pelo seu ruidoso casamento com a atriz Elizabeth Taylor. Lembra-se?"

Ficamos por algum tempo calados, admirando a casa de Burton. Cubillas falou:

"Ele morreu aí, dormindo. Avistei-o algumas vezes no café perto da estação, onde às vezes tomava seu desjejum lendo o *Guardian*. Era um homem de uma presença extraordinária. Até calado na sua mesa, curvado sobre o jornal, dominava a sala."

Ele riu quando lhe perguntei se conhecera também Elizabeth Taylor.

"Não, quando Burton morou aqui já vivia com outra mulher. Acho que era um homem isolado, devastado por sei-lá qual vida, que começou nas minas do País de Gales. Estava no fim da carreira no teatro e no cinema; você sabe que foi ele o primeiro ator a receber um cachê de um milhão de dólares?"

"Gastou tudo em bebida e joias para Elizabeth."

"Tudo! E gastou também os rins, o coração, a mente, embora fosse reconhecidamente um homem culto, talentoso, irresistível junto às mulheres. A bebida entrou por esse homem adentro como aquela camada de lava fumegante entrou pelos palácios de Pompeia, destruindo tudo. Por quê? As religiões nos asseguram o livre-arbítrio, falando em nome da "inteligência e da bondade" superiores – porém que livre-arbítrio é esse que podemos ser punidos até a morte se fazemos uso real dele? A vodka de Burton era um batalhão de átomos rebelados ou a natureza existe, desde a primeira luz, como um irremediável campo de extermínio?"

Deixamos a janela e a casa de Burton e voltamos à mesinha onde podíamos escolher chás de folha de coca de Cochabamba, chá indonésio, indiano, inglês, russo e mais o que o que desejássemos numa seleção de infusões, dentro de duas cestinhas.

"As perguntas. " – Esticou-se José Cubillas y Loredano na sua poltrona. – "Estou à sua disposição para ludibriá-lo" – disse rindo por trás da sua cara de Hernán Cortez.

"Se me permite um último comentário. A vodka aliviava Burton. A vodka deu cabo dele. Está enterrado no Vieux Cemetière, ali em cima, aonde chegou com as vísceras destruídas pela lava que lhe dava alívio das possíveis dores que trouxe de Gales. Ao senhor, isso fala de harmonia?"

18.

As aves que aqui gorjeiam

Nas últimas duas horas, caíra sobre a cidade mais água do que deveria cair durante todo o mês de novembro. Foi o que ouvi no rádio do porteiro ao me despedir de Zoé na pequena escada do prédio. Não chovia mais, embora as árvores mantivessem na sua área de influência uma forte memória do aguaceiro; além de pingar, seus troncos estavam escuros e pegajosos. A luz da rua estava apagada; um gato e logo depois um cachorro preto passaram humilhados, tiritando. No leito junto ao meio-fio, escorria uma torrente ruidosa de água suja, arrastando (o que pude ver) um galho e um objeto indefinido que tanto podia ser um vibrador quanto o resto de uma batedeira de bolo. A cantina em frente, iluminada com aconchegantes castiçais, tinha duas mesas ocupadas; algumas lanternas de acampamento ajudavam os garçons e clareavam um pouco a calçada – e foi graças a elas que avistei Alfredo Mallard.

Olhava para o chão e subia devagar a rua Guajajaras. Apoiava o cabo do guarda-chuva no ombro. Vestido de escuro, a um primeiro olhar parecia uma lasca de noite que o vento tocava rua acima, ou um ser que tremulava na dúvida entre prosseguir e se deixar levar pela enxurrada. Antes de tudo, parecia perdidamente cansado. Chamei-o e ele parou logo que me descobriu. Atravessei a rua e entramos na cantina das velas.

"Fui ver a Cinecittà 60 no Palácio das Artes. Hoje passou *Os Companheiros*", informou Alfredo sem entusiasmo. Seu olhar enviesado fixou-se na mesa mais próxima. Algo ali o incomodava, embora mal se ouvissem as vozes do rapaz e da moça que conversavam educadamente; logo, porém, ele disse que havia encontrado no Palácio das Artes um amigo que não via "há décadas". Os olhos continuavam presos ao casal da mesa, mas compreendi que Alfredo abandonava ali seu olhar fatigado porque talvez a moça oferecesse algum tipo de descanso àquele par de retinas possivelmente tentados a pular do alto das suas órbitas naquela noite mesmo. Alguma experiência de horror lhes acontecera.

O garçom chegou e pedimos cerveja. Alfredo não pediu propriamente, apenas concordou com um movimento mínimo de cabeça – e voltou a se fixar na mesa ao lado. Ao mesmo tempo me disse que o amigo da saída do Palácio das Artes estava lá para ver uma peça musical com atores famosos, achava que era *Cabaret* mas não tinha certeza. Encontrou-o no café, ao lado de uma senhora ainda bonita mas entrando numa faixa indefinida, espécie de no-man land da obesidade. O amigo pôs a mão no ombro da mulher e disse a Alfredo:

"Lembra?" – e então ela estendeu a mão e sorriu largamente:

"Não lembra de mim, Alfredo?" – e ele sorriu o possível e respondeu:

"Claro que lembro!" – e beijaram-se estalando barulhinhos nas imediações das orelhas. Alfredo, na pressa de dirigir-se ao amigo antes que as circunstâncias o obrigassem a dizer o nome da mulher, do qual não se lembrava nem vagamente, virou o rosto com certa pressa e os dois acabaram por atingir-se num violento encontro de focinhos. Ninguém riu, embora Alfredo se lembrasse de Peter Sellers e fizesse grande esforço para se conter. Ouviu do amigo nesse momento, saindo do embaraço:

"Também veio ver a Cláudia Raia?"

Explicou que tinha ido a uma mostra de cinema italiano. O velho amigo curvou-se para trás numa gargalhada:

"Cinema italiano! Claro, claro – é coisa sua mesmo..." – Alfredo riu e bateu a mão nas costas do amigo, diante do escancarado riso conjugal e solidário da mulher. – "Você continua o mesmo! Lembra que você falava que gostava do... aquele escritor... o..., um poeta que você adorava, quem era mesmo?" – Alfredo continuava de sorriso armado e já lhe doía um pouco a pele enrugada do rosto, presa naquele amarrotado de alegria – "enfim, porra, sei lá quem era, e lembra o que eu falava? 'Poesia é *as aves que aqui gorjeiam não gorjeiam como lá* e o resto é bobagem'".

Alfredo Mallard contou o encontro sem me encarar, com os olhos sempre postos na mesa ao lado, abatido, o rosto manchado pela luz branca da lanterna de acampamento e pelos amarelos hesitantes dos castiçais, enquanto arrancava com a unha os pingos secos da vela derretida.

19.

María de Los Toldos

Por volta de 1938, minha tia Ana foi passar férias na Argentina. Tia Ana gostava de visitar um só país, de preferência até uma única cidade, durante o maior tempo que pudesse. Nas suas demoradas viagens, munida de uma curiosidade incansável e sem cerimônias, costumava aprender tudo sobre o lugar, o imaginável e o inimaginável. Muito mais do que simples turistas são capazes.

No caso da viagem à Argentina, sua intenção era ficar mais de um mês em Buenos Aires e uns poucos dias em Córdoba (acho que a motivação no caso eram as histórias de um namorado da juventude, que havia morado lá).

Ao fim de poucos dias, acomodada num hotel da calle Esmeraldas, fez amizade com uma funcionária do posto telefônico da esquina. Em noite de tempestade, quando tia Ana insistia em telefonar para São Paulo, aquela funcionária havia sido muito solícita; não conseguira completar a ligação, mas as duas acabaram marcando um chá para o dia seguinte. A moça se ofereceu para ciceronear tia Ana e garantiu que iria "mostrar-lhe a Buenos Aires de verdade". Preparou um roteiro que incluía uma casa de ópio e um distante salão *milonguero*, bem escondido e "un tantito libertino". Era frequentado por atores e atrizes do radioteatro.

A noite em que foram ao salão, tomaram um vinho na calle Florida e Beatriz mencionou uma amiga, María, que "talvez gostasse muito de nos acompanhar". Era sua conterrânea da pequena Los Toldos, moça encantadora e tímida que conhecia desde menina; queria ser atriz e por isso fora para a capital. Mas ainda não conseguira nada de bom – "a pobrezinha anda numa depressão de dar pena." Beatriz telefonou para a rádio onde María trabalhava e foi informada de que naquele dia ela participava de uma excursão promocional a Rosário, juntamente com outros artistas da emissora.

"Você iria gostar dela" – lamentou Beatriz. "Tento animá-la, mas talvez lhe falte algo, certa malícia para ser atriz."

O salão *milonguero*, em noite movimentada, ofereceu a minha tia a aventura de cair nos braços (sem que jamais tenha admitido) de um "autêntico dançarino portenho". Segundo disse tia Ana às irmãs, na volta, Buenos Aires iria ficar "para sempre no meu coração" (ela falava assim mesmo, como personagem de literatura para moças); pena que não tenha saído outra vez com Beatriz. Logo depois fora para Córdoba e mal lhe havia sobrado tempo para as últimas providências antes do retorno ao Brasil. Declarou-se encantada com Buenos Aires e seu "dançarino portenho".

Passaram-se alguns anos e os jornais brasileiros começaram a falar de uma senhora jovem e atraente que poderia vir a ser a primeira-dama da Argentina. Admiravam sua inusitada presença na campanha do marido à Presidência e o sucesso das caravanas eleitorais que chefiava. Terminada a eleição, o eleito foi o general Juan Perón, o marido da mulher interessante. Eva Perón converteu-se em personalidade pública tão ou mais magnética que o general. Nessa época, tia Ana trouxe de Paris um número de *Paris Match* que estampava uma série de fotografias de Eva. Entre elas, algumas belíssimas, mais antigas, em que ela posava com um gato; minha tia soube então que Eva tinha nascido na cidadezinha de Los Toldos, como sua amiga Beatriz. E também que seu nome de solteira era María Eva Duarte. Tia Ana ficou inquieta: "María de Los Toldos – e além disso, atriz. É coincidência demais!"

Telefonou a Beatriz várias vezes, mas não conseguia encontrar a amiga. E tia Ana repetia sem esconder uma inquietação que a alguns era incompreensível:

"Beatriz chamava a amiga de Maria e me recordo bem: uma vez ela falou Maria Eva, sim, eu me lembro..."

Até que uma tarde a família soube que tia Ana embarcara para Buenos Aires. Ninguém se surpreendeu muito, todos a conhecíamos. Ao chegar, tomou um táxi e ordenou ao motorista que rumasse para o endereço que guardara de Beatriz. Foi atendida por uma senhora que não conhecia, vestida com um poncho peruano.

"Procuro por Beatriz Alvarado."

"Mora em Nova York, *señora*. Casou-se com um almirante, que está em cargo oficial."

"Tem o endereço dela?"

"Não tenho, *señora*. Meu marido comprou-lhe o apartamento, mas perdemos o contato."

Minha tia tomou outro táxi até a Plaza de Mayo. Sentou-se num banco em frente à Casa Rosada e ficou olhando as janelas iluminadas e o burburinho da praça. Imaginava o lugar como o reino da moça tímida que seria sua amiga. Eram quase dez horas da noite quando deu entrada no hotel da calle Esmeraldas.

20.

Júlia vai ao centro

À sua frente, um número nove do tamanho das costas de um homem alto e forte. Pouco acima do número, brilha a nuca do homem – negro – e dois filetes de suor saem do pé dos cabelos e se escondem sob a camisa de costas pretas e mangas listradas de preto e branco e onde, em desenho vermelho sobre a listra branca, se vê a forma alongada de um nome de mulher transformado em logotipo comercial. O homem oscila como um arranha-céu ao vento e sua manzorra passa sobre a nuca e elimina os filetes, e ele segura a gola da camisa e balança o tecido para abrir passagem para o ar; nesse movimento esbarra em Júlia mas não se incomoda nem se desculpa, e ela tenta dar um passo atrás, mas pisa no pé de alguém e por sua vez igualmente não se incomoda nem se desculpa, e na mesma hora a mesma pessoa do pé vem ao seu encontro e Júlia ouve o murmúrio de uma mulher raivosa e com medo – " Mais educação!" –, revelando que foi atingida por trás, e o homem da camisa nove continua se movendo como arranha-céu, impaciente, e Júlia, com o rosto quase colado ao nove, começa a se distrair com as minúcias da camisa, o outro logotipo, bem pequeno, incrustrado a linha do número, e acima do número, entre este e a gola, enormes letras que devem ser as iniciais que formam o terceiro logotipo, mas Júlia não sabe o que é. O tecido das costas é inteiramente preto, preto de cima até a barra, embora interrompido pelo número branco e as grandes letras do logotipo também vazado em branco. O sol crava os raios sobre o preto e o homem negro transpira, sempre os filetes a escorregar pela nuca e Júlia aspira junto ao nove, esperava sentir um cheiro asfixiante mas não sente, o que tem é um cheiro de queimado mas não de suor velho. O homem tomou banho, pensou Júlia, o cheiro de queimado é do tecido preto sintético sob o sol. O homem continua seu movimento pendular de arranha-céu e Júlia percebe que ela não pode fazer o mesmo movimento porque é baixa e está cercada pelos flancos, apertada nos ombros, à esquerda por um homem baixo e gordo todo vestido de preto, incluindo jaqueta de couro, que segura um capacete de motociclista na frente do peito, com as duas mãos. À direita de Júlia, a carne mole do braço de uma mulher muito gorda (o homem do capacete, à esquerda, é magro em comparação) desliza pegajosa sobre o braço de Julia, que tenta tirá-lo dali mas não há onde o acomodar, um braço ocupa espaço, e então acaba por devolvê-lo à posição original, onde pende e onde o outro braço, gordo e pegajoso, o aperta contra seu próprio corpo e o lambuza de suor. A mulher de trás, que Júlia só conhece pela exortação a uma espera mais educada, está agora mais perto, comprimida talvez entre as costas de Júlia e uma ereção maníaca e pronta, e às vezes trocava-lhe involuntariamente as costas, gestos pelos quais ninguém ali se desculpa porque não seria ouvido e seria engraçado; a ereção naquela massa comprimida é um fato e a mulher da educação sequer reage, sequer apela para a educação ou o recato, nesse lugar e nessa altura isso também seria engraçado – se alguém ouvisse. Julia dispunha de um espaço a cada minuto mais apertado entre o número nove e a mulher da educação e da ereção. Os minutos passados ali, entre suores de todos os lados, dentro da cápsula de calor humano e calor solar, parecem mais longos, muito mais longos do que seria imaginável resistir dentro da massa formada à espera do semáforo verde. E de repente Júlia ouve o escorregar dos pneus sobre o asfalto e a massa se desfaz de súbito, lança-se para frente, o nove desaparece e a mulher da educação, o braço pegajoso de carne flácida da direita e o capacete da esquerda conduzem Júlia, que por um segundo flutua e deixa de tocar o asfalto com os próprios pés, mas por fim caminha se desvencilhando e se salvando quando percebe que a massa que vem em sentido contrário ofega e pisa com a mesma força, convicção e falta de escolha, na mesma rota, e evitar o choque da falange que vem é impossível porque dos lados, se não há mais o homem do capacete nem a mulher do braço pegajoso, há novos homens e braços que também lutam para transpor a massa que atropela na sua meta – igual e cega – de alcançar a outra calçada antes que os carros arranquem. Júlia tenta, Júlia se esquiva, Júlia é empurrada – mas é salva por um rapaz da falange inimiga que a escora enquanto a empurra para o outro lado e segue em frente, Júlia pensa que vai perder o equilíbrio, avança um passo sem controle e encontra o homem que a derruba com passo firme, como um dançarino saído de surpresa detrás de outro homem nessa ópera dos dois corpos no mesmo ponto. Júlia afinal está no chão quando a faixa de pedestres se esvazia e as tiras brancas se iluminam sob o sol e os carros arrancam – exceto um, que freia a um metro dos seus olhos quando a percebe e buzina uma vez, duas vezes, toques desesperados de uma buzina que se sabe entre um frágil corpo caído, a iminência de um vermelho no alto e uma insuperável e universal urgência. Sem saber como, olhando as palmas feridas das mãos, Júlia se levanta e desobstrui o destino dos automóveis.

21.

O túmulo mudo

O visitante que entra pelo portão frontal do velho cemitério de Santo Inácio, o Cemitério dos Chorões, passando sob o arco tosco caiado de branco e enegrecido por muitas chuvas, vê à sua direita o Arcanjo Gabriel em atitude de combate. A expressão no rosto do arcanjo é doce, seu olhar branco de mármore é calmo, mas a bonomia é ilusória. Sua mão está tocando o cabo da espada e toda a sua postura, exibindo os músculos tensos, é própria de uma potestade disposta a lançar irreprochável punição.

Gabriel, o grande, domina a entrada de uma porta que se ergue, alta e marmórea como o próprio arcanjo, sobre a base larga, sólida, ela mesma já alta de um metro, de um túmulo eloquente. Alertado pela alvura majestosa do guerreiro celeste, o visitante poderá saber imediatamente, graças às polidas letras cursivas de metal dourado, o nome completo das pessoas ali sepultadas, assim como as datas inaugurais e terminais das suas existências. (Entre as duas datas, estende-se um traço, o travessão – uma fina barra de latão dourado que desconhece percalços, altos, baixos ou vertiginosas descidas ao fundo do poço, mas que na sua esquálida simplicidade está ali para registrar o tempo decorrido entre o nascimento e a morte de cada um. "O travessão foi sua vida", observou o dramaturgo Jean Giraudoux.)

Junto de Gabriel há um espaço aparentemente vazio. Como um apartamento sem cortinas, que aparece na fachada do edifício apenas pela ausência de elementos e pela singela cor de sombra. No Cemitério dos Chorões, aquele retângulo cinzento sugere uma cova jamais ocupada. Um espaço reservado para uma morte que não ocorreu ou que se consuma lentamente em outro lugar, enquanto aquele, junto ao arcanjo, silencia tristemente a sua profundidade frustrada. Na verdade, não é bem assim.

Em 20 de março de 1946, morreu em Santo Inácio um homem que, segundo a determinação do vigário paroquial, não poderia ser sepultado em campo santo. Era um homem magro, de olhos encovados mesmo em sua melhor saúde, e irascível. Era um bêbado e vagabundo, mas um homem culto à sua maneira e ferino nos seus juízos a respeito desse pequeno mas pretensioso canto do mundo chamado Santo Inácio da Vala Grande. Dizia em toda parte que o vigário era um pederasta e que usava o dinheiro da paróquia, recolhido em tostões na sacola de veludo grená, para pagar rapazes broncos da roça que lhe satisfaziam os desejos em encontros secretos (e com o dinheiro dos paroquianos também os silenciava). Foi excomungado. Quando esse homem morreu, sua família – ilustre – insistiu junto ao vigário, apelando ao princípio do perdão e da caridade. Em vão. Um homem excomungado, explicava o vigário, é alguém que escolheu livremente afastar-se da comunhão dos homens de bem.

Trataram então de subornar o vigia noturno e um coveiro. O vagabundo magro e irascível foi sepultado de madrugada num jazigo definitivamente mudo. Na mesma noite do enterro (dois parentes entraram com o caixão pelo portãozinho dos fundos), cumprido aquele ritual do profundo sorvo de ar à guisa de homenagem, tiveram o cuidado de rebocar, caiar e depois sujar a feia campa de alvenaria; ela ficou ali, com seu aspecto de sempre, de túmulo esquecido. Nunca teria qualquer sinal, nem cruz, nem estrela, nem letras. Até hoje, a superfície rebocada às pressas e caiada de branco-cinza e escurecida pela umidade e pelo tempo, junto ao arcanjo, não diz nada de ninguém e guarda sua feiura e seu mutismo, como uma virgindade, para encerrar a memória secreta do homem boquirroto.

Tempos depois um parente soube que, logo na manhã de 21 de março, o vigário foi informado do sepultamento noturno nos Chorões. Jamais se compreenderam suas razões, mas o fato é que até sua morte, anos depois, agiu como se nada soubesse.

22.

O asno de lona

Era na verdade um apelido carinhoso, ao jeito áspero do meu avô. Ele não ligava para palavras (usava-as muito pouco e quase sempre com maus-tratos). Mas um dia notou que o prefixo tinha alguma semelhança com *asno* e passou a chamar assim o teco-teco, identificado com as imponentes letras negras pesadas e de linhas retas, PT-ASN. E lá estava o pequeno asno, com sua leve fuselagem de lona, agora imobilizado num recanto do quintal onde as crianças gostavam de fazer piquenique. Tinha sido praticamente enterrado ali ao fim de uma trajetória confusa. Acompanhei a chegada do asno e ajudei meu avô nas providências para acomodá-lo no fundo da chácara (sem que nenhum de nós imaginasse que ele seria no futuro um tipo de anão de jardim), sem entender os motivos daquela esquisita movimentação. Eu gostava do meu avô, da sua cara vermelha, grandalhona e silenciosa.

À tardinha, começando a escurecer, vi quando o teco-

teco amarelo pousou na estrada que corria pela planície em frente à casa. Subiu a mancha de poeira e depois, quando o avião girou em torno de si mesmo e voltou devagar, a terra em revoada afastou-se lentamente e desceu sobre o capim. Corri até lá e fiquei de pé na margem da estrada, orgulhoso como um sinalizador de pátio, à espera de que o avião parasse e meu avô descesse. Daí a pouco, na cabeceira da mesa do café e fustigado pela curiosidade geral, meu avô – feliz como poucas vezes – resolveu fazer um resumo da história do PT-ASN.

Ainda me lembro como ele começou a falar, com a xícara suspensa na mão:

"Esse avião não pode voar.".

Arrematara o teco-teco em leilão da Polícia Federal, que o apreendera em São Gabriel, no Amazonas. Voava transportando droga e contrabando. Com várias peças em mau estado, não teria sido autorizado a decolar, mas meu avô subornou alguém e decolou assim mesmo.

Na manhã seguinte bem cedo, começamos a recuperar o PT-ASN. Ajudei a puxar o teco-teco para fora da estrada, até o espaço vazio nos fundos do quintal, contornando a cerca pelo lado de fora. Foi preciso derrubar a cerca de arame e depois consertá-la; ali ficaria o teco-teco, sem incomodar ninguém, sem assustar os dois cavalos nem a meia dúzia de vacas, numa espécie de hangar imaginário. Com o tempo, como fosse possível, meu avô iria construir um hangar de verdade, ele disse.

"Mas vai demorar, e munto!"

Comecei a cuidar do teco-teco como se fosse meu cachorro. Por esses dias, meu avô praticamente desmontou o Lycoming do PT-ASN. A gente terminava a jornada sentados na tora de madeira e olhando para o teco-teco, orgulhosos e incrédulos como se na nossa frente repousasse um rinoceronte. Meu avô disse:

"É o asno. Um asno de lona."

Demorei a entender a ele me disse que eu era meio burrinho. Não entendeu? Então explicou e riu, coisa muita rara que me deu muita alegria. Ri também, feliz com meu cachorro, meu rinoceronte, meu asno e aquele avô vermelho. Quando foi o outro dia, na mesa do café, meu avô não estava – era para continuar a restauração do motor – e não entendi por que havia sumido. Me disseram que tinha ido à cidade. E até meio-dia não voltara. Então minha avó mandou que eu juntasse minhas coisas porque voltaríamos para a cidade daí a pouco. A perua já estava à espera.

Corri até o asno para me despedir. Sentei na tora e prometi que daí a poucos dias a gente pegaria outra vez no serviço do motor. Ninguém me contou, mas meu avô estava no hospital e naquela mesma noite sofreu um segundo enfarte e morreu. Aí sim, não podiam esconder de mim. Ninguém na família sabia nada de avião, nem de motor, nem de asno.

Por alguns dias o avião foi esquecido. Depois o esquecimento foi ficando, e por anos não se falou mais nisso. Nem eu falei. E não voltei à chácara. Um dia me disseram que minha avó havia mandado fazer um jardim em volta do asno, e ele, sem motor mas lustroso e novinho em folha, seria um monumento ao meu avô, um asno de jardim. Pelo menos seria um campo de pouso de sabiás.

23.

A árvore de Natal

O síndico deu ordens à zeladora para não deixar que pequenos objetos e papéis sujassem o jardim. Estava irritado com a empregada; era a terceira ou quarta vez que repetia a mesma instrução. O jardinzinho era acanhado, apenas um estreito recuo do prédio, mas era preciso manter limpo o pouco verde que resistia entre a grade cinzenta, com as manchas de velhice, e a fachada branca escurecida pela chuva e o pó de asfalto.

O edifício só tinha seis apartamentos e o orçamento do condomínio, muito limitado, era motivo de brigas inconciliáveis e rancores entre os condôminos. A regra geral era a inimizade e as reuniões da assembleia do condomínio foram pouco a pouco se tornando impossíveis. Se antes houve casos de agressão, depois ninguém mais comparecia. E assim o cargo de síndico agora era vitalício, já que não havia quem o aceitasse. Contra a vontade de todos, mas sem candidatos e sem alternativa, o velho homenzinho cinzento, contador profissional, foi permanecendo indefinidamente nas funções, cumprindo suas tarefas básicas sem fazer graça para ninguém.

Havia poucos meses, mudara-se para o segundo andar um jovem casal de chilenos. Eram cordiais, procuravam cumprimentar os vizinhos, mas não demoraram a perceber que o clima por ali não era receptivo. Não se podia contar com a colaboração do síndico, com quem trataram algumas vezes, pois o homem não ia além da sua mínima obrigação e nunca devolvia um sorriso. Nenhuma palavra além do inevitável. Semanas depois que o casal se instalou, o zelador jogou debaixo da porta uma correspondência do síndico; avisava que o apartamento seria multado se a criança "reincidir no ato condenável de sujar o jardim". A carta era confusa e os chilenos tiveram certa dificuldade para entendê-la.

O filho do casal costumava passar boa parte do dia na varanda da frente, picando papéis que caíam no pequeno jardim. Tinha seis ou sete anos e gostava de rasgar em inúmeros minúsculos pedacinhos os invólucros laminados de bombom. Com a chuva fina de dezembro, o mirrado arbusto do jardim amanhecia pingando água; e os fragmentos de papel de bombom ficavam grudados nas folhas e nos galhos pelados. Eram fragmentos prateados que tanto caíam da varanda que cobriram o arbusto. Brilhavam como se fossem bolinhas travessas e alegres de uma árvore de Natal. Alguns moradores que vieram para casa durante o dia notaram a novidade. A senhora idosa do terceiro andar, observando aquela decoração natalina inesperada, perguntou à zeladora "que sujeira era aquela". O empregado lhe contou do menino "doentinho" e das gotas – e ela se enterneceu.

Resolveu falar com a mãe da criança, que afinal, recém-chegada, não tinha nada com a história daquele prédio. Primeiro houve dificuldade para se entenderem , por causa dos idiomas e porque a mãe pensou que aquela senhora impertigada batera à sua porta para reclamar. Reagiu com polidez e frieza: explicou que o menino dava trabalho e que não fazia aquilo por mal, mas simplesmente porque tinha alguns problemas.

"Lamento, senhora... Lamento muito" – disse a velha do terceiro, constrangida.

"Um problema difícil de lidar. A senhora sabe o que é uma criança autista?" – desabafou a mãe, descobrindo olhos brilhantes e ternos naquela senhora que aparecera sem motivo.

"Oh! Lamento muito, a senhora me entende? Não estou condenando seu filho. Queria só dizer à senhora que achei lindo o arbusto de papéis prateados" – disse sorrindo, com as mãos sobre o peito.

É possível que a compreensão das palavras não tenha sido perfeita, mas as duas mulheres se entenderam e se abraçaram chorando. Conversaram um pouco mais e então se despediram ainda emocionadas. A velha do terceiro desceu ao jardim, apontou seu celular para o arbusto prateado e o fotografou.

À tarde, quando o síndico chegou, aproximou-se do arbusto e chamou o zelador. Caía ainda uma garoa fina e sonolenta.

"Foi dona Zilda, do terceiro, que me pediu para não tirar."

O síndico olhou calado e mal humorado para a sujeira e deu a ordem.

"Antes de sair, a senhora limpa isso" – e subiu a escada tirando o paletó.

Entrou em casa e lavrou a multa ao apartamento do menino autista. Destacava a folha do talão quando tocou a campainha. Era a zeladora avisando que já tinha feito a limpeza do arbusto e que estava de saída.

O síndico olhou o papel cor-de-rosa da multa. Continuou por um momento a examinar o a folha preenchida sem saber com certeza se escrevera certo o sobrenome dos chilenos; então o amassou e jogou na cesta de papéis.

24.

O chaveiro da Rua Conselheiro Lafayette

No minúsculo quiosque de tábuas envernizadas com uma janela na frente, trabalhava um senhor calvo. Tortos e sujos, os óculos deslizavam em cima do seu nariz e ficavam ali, bem na ponta, o dia inteiro. Ele passava os dias no pequeno cubículo de madeira, esmerilando e limando, cercado de chaves e instrumentos de esculpir segredos. (Um pôster central da velha revista Status, com uma foto da juventude de Beth Faria, ocupava um canto.)

Diante de qualquer cliente, o chaveiro deixava claro que odiava fazer o que fazia. Não havia habitante daqueles quarteirões apinhados de gente que já não tivesse procurado os seus serviços; e todos haviam recebido, juntamente com os serviços, uma palavra, um gesto, um adendo qualquer que servia para defender o mundo do chaveiro de qualquer aproximação humana.

As pessoas acabaram por aceitá-lo sem retoques, algumas até a gostar dos seus modos. Havia fregueses que passaram a vê-lo com simpatia quando descobriram que guardava uma caixa de balas e, escondido dos pais e sem mais sorrisos desnecessários, dava uma a cada criança que ia ao quiosque.

Num fim de tarde acima de 40 graus, encostou-se ao pequeno balcão da janela do quiosque um senhor também calvo, também de óculos; mas, ao contrário do chaveiro, magro e claro como um europeu. E seus óculos tampouco escorregavam e eram brilhantes e ajustados ao rosto de ossos salientes. Apesar de todo o calor, o homem apoiado no balcão parecia limpo e confortável. Trazia uma chave e encomendou quatro cópias. O chaveiro examinou a peça original e disse:

"Quatro cópias eu só entrego amanhã."

"Sim, está bom."

"São cento e vinte cruzeiros."

"Muito bem, meu amigo. Busco amanhã... a que horas?"

"Essa hora. Não atrasa porque fecho às seis. E o pagamento é adiantado."

O olhar do freguês revelou o susto com a rispidez sem motivo. Ele abaixou o rosto para buscar nos bolsos os cento e vinte cruzeiros. O chaveiro esperava impaciente e examinava o homem com a dose de raiva adequada a um cliente que desde que chegou ao balcão da janelinha revirou os seus nervos porque era um sujeito esquisito, magro demais, diferente demais. O freguês lhe entregou o dinheiro e saiu, levando o pequeno recibo. A ajudante, que escrevia os recibos, ouviu quando o patrão, observando o homem afastar-se, resmungou para dentro:

"Filho da puta!" – e a moça sorriu escondido, aproveitando o lado cômico daquele temperamento cada dia pior.

No dia seguinte, à hora marcada, o homem calvo e claro novamente encostou-se ao balcão e entregou à moça o recibo. Ela procurou a encomenda nos escaninhos e não a encontrou. Pediu ao freguês que aguardasse um minuto e mostrou o documento ao chaveiro, que espalhava fagulhas no esmeril. Ele interrompeu o trabalho, pegou um saquinho de papel numa gaveta e o jogou sobre o balcão.

"As quatro cópias. Mas a original está muito ruim e as novas podem dar problema."

O freguês pegou o saquinho e com um aceno de cabeça agradeceu à ajudante, e saiu. O chaveiro ficou parado e mais uma vez resmungou "filho da puta!"; a ajudante não achou graça e virou as costas. Uma ou duas vezes o chaveiro avistou na rua aquele homem baixo, calvo e claro como europeu. Não tinha esquecido sua cara. Não sabia bem o que naquele velho o ofendia.

Chamado às pressas num edifício vizinho, o chaveiro saiu sem correria como sempre fazia. Tomou uma cachaça no bar e parou em frente à banca de jornais – "pressa é problema deles". Examinou as capas de mulheres nuas e ficou admirando o escudo do Flamengo estampado numa flâmula toda enfeitada. Um jornal aberto ao lado lhe chamou a atenção: estava lá, estampado na página inteira, o rosto inesquecível, o velho magro e claro. No alto da foto, "Adeus, Carlos".

Na linha abaixo das letras grandes, leu: "Doze dias depois da morte da filha, morre Carlos Drummond de Andrade, o maior poeta brasileiro do século."

Poeta? O maior poeta? A filha morta? – "Filho da puta, que não me falou nada."

25.

Clara, Alfredo e Oswald

Clara e Alfredo tinham vinte anos, ela seis ou sete meses a menos que ele, quando um amigo budista os casou. Ninguém sabia se o amigo estava investido de alguma autoridade para praticar os atos rituais, mas ele disse algumas palavras que a todos soaram belas e iluminadas. E assim aceitaram a cerimônia como legítima e conforme as tradições do culto, até as mães de Clara e de Al. Os pais não compareceram e não fizeram falta.

O casal, o celebrante e todos os amigos moravam na comunidade do Hangar do Morcego, que antes se chamava Sítio da Gralha (oficialmente continuava se chamando). Era uma propriedade pequena, mas ali viviam quase quarenta jovens, em barracas ou na casa da sede. Além deles, morava no Hangar o grande Betão, o cavalo de pelo castanho, um ruivo de fogo brilhante como lataria de carro de luxo. Recebia da comunidade um tratamento que ninguém imaginaria possível num lugar como aquele.

Clara e Alfredo, que sempre tinham a colaboração de outros, eram a dupla principal de tratadores. Todos ajudavam de vez em quando, mas eram eles os responsáveis pelo Betão. O cavalo lembrava um animal de jockey, de tão bonito e elegante; e os dois cavalariços acabaram tão ligados que não resistiram à bobagem de se casar; mesmo que em ritual budista improvisado e um monge qualquer. Foram o primeiro casal da comunidade do Hangar a inventar uma cerimônia. Na noite do casamento até ganharam presentes. Clara abriu um grande embrulho que lhe trouxe sua melhor amiga. De lá saltou um filhote de sheepdog, perdido na confusão de gente. Clara o levantou e o apertou contra o rosto e lhe deu nome – Oswald, em homenagem ao escritor da sua paixão.

Alfredo viu Oswald experimentando os cheiros por ali e pensou que afinal não era como o Betão. Nunca seria coletivo. Seria como um filho: se chorasse de madrugada, a culpa pelo barulho seria dele e de Clara. Se morresse, doeria neles. Foi assim, como filho do casal, que Oswald cresceu muito; o gracioso bolinho lanoso converteu-se em bicho enorme e pesado, todo pelo, os olhos, as orelhas, as unhas. Mesmo agasalhado assim, como um cão das neves, Oswald subia encostas com Alfredo e o acompanhava quando montava no lombo de Betão. Debaixo do calor que não tinha sido arquitetado para suportar, Oswald era companheiro; Clara o acariciava, fazendo para si mesma e para ele o papel de mãe. Enfiava-lhe entre os fios do pelo grosso aqueles dedos saltitantes e sujos.

No mais do tempo, Clara e Alfredo viviam conforme se vivia no Hangar do Morcego. Exercitavam suas cordas vocais com lânguido e mínimo esforço, à noite olhavam as estrelas e fumavam. De preferência todos se ocupavam de olhar – as estrelas eram belas, cercadas do escuro silêncio que os liberava; enquanto isso o mundo exalava sons, era um toca-discos planetário. Todos cochilavam ou se acariciavam sobre a grama; sexo era só uma culminância úmida compartilhada sem dor, sem mais invenções. Doação e só. Assim viviam suas horas naturais e que não eram numeradas; quando Betão ou Oswald lhes cruzavam a trilha, ficavam mais certos de que a beleza estava solta, eram de veludo a grama e a terra sem linhas e trajetos.

Mas Clara e Alfredo já não ofereciam um ao outro o mesmo interesse do início. Seus carinhos agora quase só se encontravam em Oswald. Clara costumava se abandonar uma tarde inteira na varanda da casa afagando a cabeça e o dorso de Oswald; Alfredo o levava para aonde fosse. Voltava cansado de longas caminhos, o cachorro ao lado com a língua gotejando. Foi assim aquela noite. Alfredo entrou para o quarto que ainda ocupava com Clara nos fundos da casa. Estava escuro e tudo o que havia, além de roupas jogadas, era um traço luminoso de lua nova entrando pela janela, esticado no chão e no banquinho de couro. Oswald, inquieto, cheirava a cama e as calças e as camisetas sob o risco da lua.

Alfredo correu ao banheiro enquanto Oswald sacudia com fúria uma bolsa que Clara havia deixado no chão. Al não se importou com a bolsa e achou bom que Oswald se divertisse com ela.

Voltou do banheiro e viu Oswald na soleira da porta, caído de lado com as pernas esticadas; abaixou-se e tocou-lhe o peito: nada além de pelo e calor em extinção. Al curvou-se sobre a bolsa de lona abandonada no chão, meio rasgada, e apertou na ponta dos dedos úmidos um bocadinho de cristais espalhados por ali, assim como ficavam no chão as raspas dos figos cristalizados no tempo em que era criança e sua mãe proibia a geladeira. Voltou aflito ao peito de Oswald; e descansou a cabeça sobre aquele travesseiro de ossos e pelo, onde o barulho ritmado e ininterrupto da amizade cujo tamanho e natureza era incapaz de entender – e por isso era incapaz também de entender a dor – tinha cessado completamente. Al ficou atravessado na porta e olhou para o telhado até dormir.

Esses acontecimentos se deram duas semanas antes, ou menos ainda, que ele encontrasse sobre o mesmo banquinho de couro um pedaço de papel pardo amarrotado com a letra de Clara: "Te beijo. Adeus."

26.

Reunião de família

1.

BELO HORIZONTE. Nada na igreja me interessava como os pés das mulheres pobres. Nem os pezinhos de Nossa Senhora, branquinhos, rechonchudos e delicados, como jamais tinha visto nas mulheres que eu conhecia, comparavam-se aos daquelas moças magras, pardas e pobres. Ossudos, quase sempre eram adornados por calos que cresciam como cristas nos dedos (esses pés e suas imperfeições podiam ser vistos também nas ruas e nas cozinhas – mas na igreja estavam limpos e pareciam nus); na sombra, tocavam o piso sagrado com temeroso despudor.

No mesmo chão vinham exibir-se também os raios de luz que atravessavam os vitrais. Produziam uma cor estranha, mistura de cores que resultava numa sombra fria mesmo em dias de sol, a mesma sombra na qual eu imaginava que estavam sempre envoltos os ambientes celestes onde Deus ficava. No ar, o silêncio frio em que os pés se punham a mexer debaixo do banco e às vezes se esfregavam um no outro, como bichinhos sacanas. Olhando para eles eu me esquecia de outras coisas de que também gostava na igreja, como o turíbulo soltando fumaça cheirosa e as tábuas caprichosamente aplainadas que o Menino Jesus segurava ali no teto da capela de São José. Olhava os pés pardos e nus sem entender o que me acontecia e tinha medo de contar a alguém.

Dr. Olívio gira a chave para fechar o apartamento. Havia tomado todos os cuidados. Fechou cortinas ainda abertas desde a noite passada, abaixou as tampas das privadas, conferiu se alguma roupa sua estava fora do armário. Não queria queixas. Só depois é que tomou uma caneca de chocolate quente com pão e enfiou mais três pães no bolso, num saquinho plástico. Enxugou a pia e saiu. Quando enfim gira a chave, Dr. Olívio lembra do que sempre se lembrava quando concluía uma tarefa: das minúcias do padre lavando o cálice das hóstias, esfregando nele um paninho branco com aquele mesmo jeito de empregada doméstica e depois dobrando o paninho, alisando a toalha do altar e, quando ele, Olivinho, achava que afinal tinha acabado tudo, a missa e a arrumação da cozinha, o padre voltava a pegar o livro, beijava suas páginas e começava a ler. Dr. Olívio segura a chave, examina-a miudinha na mão e a arremessa por baixo da porta. Dever cumprido, se é que era um dever. Estava terminada a missa, respira fundo o Dr.

Olívio. Não era ncessário procurar pelos pés das mulheres pobres porque já teriam ido embora.

2.

Toma o elevador e pensa que deveria ter amaciado as botas antes de usá-las. São flexíveis, é verdade, mesmo assim teme pelas bolhas. Apesar de tudo não quer sofrer. Um minuto depois está na rua, orgulhoso das botas, leves, perfeitas, novas e velhas ao mesmo tempo – valem o preço. Sobe a rua Maripá; na esquina avista do outro lado o estúdio de fotografia (já viu entrarem ali modelos deslumbrantes) e vira à esquerda. Passa em frente à rua Chumbo. Há anos mora no mesmo endereço mas nunca pisou naquela rua; até na sua própria rua Dr. Olívio pode dizer que nunca pisa, porque só passa de carro. As placas lhe parecem novas, placas de fundo azul escuro com letras brancas, devem ter sido trocadas há pouco tempo – RUA MARIPÁ, RUA CHUMBO, ruas paralelas, irmãs, curtas, desconhecidas e quietas. Lembra que Chumbo é nome ilustre entre cultores de Carlos Drummond de Andrade por ter entrado no poema *A Moça-Fantasma de Belo Horizonte* (o nome é assim mesmo?). O professor de Português do Colégio Estadual o obrigou tantas vezes, sem resultados, a ler e a analisar *A Moça-Fantasma*. Além da *Moça* outros poemas de Drummond o atormentaram, como *José* e *O Elefante*, mas foi trabalho em vão. Ou pior que vão. A cada página revirada, mexida a pinça como numa ferida, Olívio acumulara ódio eterno a Drummond. Fora obrigado a passar a vida fingindo que entendia e gostava do poeta.

Miúdo diante da placa da Chumbo, lembra do professor de suéter vermelho andando na frente da lousa e tenta recordar-se dos primeiros versos da *Moça* escritos sobre a enorme superfície verde, como uma tela de cinemascope:

Eu sou a Moça-Fantasma
que espera na Rua do Chumbo
Eu nunca fui deste mundo
As moças que ainda estão vivas
(hão de morrer, ficai certos)

Dr. Olívio não conseguia ir além. Acaba atinando para um erro: não é por ali que deve seguir. Vira-se e toma o caminho certo; dois quarteirões depois aproxima-se daquele que considerava o cego mais aborrecido do mundo. Sentado na calçada, o cego revira uma sacola suja; como de costume, tem o queixo para cima como se olhasse as estrelas. A qualquer hora em que Dr. Olívio passasse de carro por aquele semáforo, o cego estaria lá perdendo-se entre os veículos, apoiando-se nas suas janelas abertas com os cascos que tinha no lugar de mãos, e ao fim da caça ao trocado não conseguiria recolher-se a tempo à sua calçada e acabava por emperrar o trânsito.

Dr. Olívio aproxima-se do cego sentado e esquadrinha

seus poros e a manteiga do suor antigo. Sente o cheiro e pode ver o relevo da imundície dos pés e a cor indefinível da roupa; as mãos ele já conhecia. O cego, ao perceber a presença de alguém, para de apalpar o fundo da sacola e continua apontando o queixo para o alto, paralisado. Dr. Olívio agacha-se e chega os olhos bem perto daquele rosto imóvel e ofegante, e que não pode escapar mesmo tendo medo. O homem espera por algum sinal, mas entende que o cheiro contínuo de gente estranha, parada ao seu lado, é uma novidade e indica pela demora que outros curiosos também estão por perto. Mas não chegam. O doutor tira duas notas de cinquenta reais e joga o dinheiro dentro da sacola. O cego não dá sinais de ter notado e Dr. Olívio levanta-se. Desce a avenida pelo lado da sombra.

3.

BELO HORIZONTE. Há quatro horas Dr. Olívio está andando. Os declives lhe castigam os joelhos e as ladeiras o obrigam a parar e sentar-se na beirada da calçada. Duas vezes o cansaço o faz fraquejar e esticar as pernas. Os pés fervem dentro das botas. Uma mulher que passa carregando uma sacola pesada o encara, sentado na calçada, e o fere com um sorriso debochado; Dr. Olívio já brilha de suor e seu cabelo ralo perdeu a linha. Mesmo assim, os óculos de grau forte e as botas de solado grosso lhe dão um ar estranho à calçada. Tem certeza de que a mulher da sacola achou que havia caído de bêbado; um homem de óculos e botas nunca se cansa. Sucedem-se as avenidas, os aclives e os degraus em que as calçadas se enrugam, as placas de cimento arrancadas em que Dr. Olívio tropeça, as águas com os restos dos botequins atravessando o caminho. E o sol toca Dr. Olívio para o outro lado na rua, em busca de sombra. Tira a jaqueta e a pendura no cinto por uma pequena alça que ela tem costurada nas costas. Agora veste apenas a camiseta verde-claro e sente um cansaço que o domina; procura uma sombra para se esticar. Encosta-se no tronco de uma árvore e joga as pernas para frente, obstruindo a passagem dos poucos pedestres daquela rua empoeirada de uma periferia que imagina muito distante, mas não sabe o nome. Fixa-se no movimento dos carros, olhando um ponto único – e começa a contar o número de carros pretos que passam pelo ponto do seu olhar. Antes de trinta e oito, seus olhos ameaçam se fechar e Dr. Olívio se entrega; lentamente tomba de lado e dorme entre a calçada e o muro pré-moldado que fecha parte de um lote vago. No lugar onde está, uma sujeira marrom e molhada avança de dentro do lote sob os blocos suspensos do muro e dá um aspecto nojento ao traseiro das suas calças. Um cachorro vem cheirar esses fundilhos, mete o nariz aqui e ali, dos pés à cabeça de Dr. Olívio, o que não o perturba. Por fim o cachorro se detém no rosto e tenta virá-lo com a ponta do focinho; o doutor apenas movimenta o braço, como para espantar um pernilongo, e continua dormindo. O cachorro recua assustado e fica olhando de longe, antes de ir embora.

A empregada tinha cara de brava, era negra e magrela. Mais exatamente, era muito feia. Seus pés não me chamavam a atenção porque os via diariamente, de manhã à noite. Eram corriqueiros como os pés das galinhas. Mas uma tarde, depois de uma grande faxina em toda a casa, ela se permitiu uma recompensa: em vez de entrar para o banheiro, como todos os dias, pegou a mangueira ligada à torneira do tanque e a puxou para um canto do quintal onde largas folhas de inhame formavam quase um biombo. Dirigiu então o jato d'água para os pés, demorou-se em acariciá-los com o frio e veio subindo aos poucos, com muito cuidado, pelos tornozelos, canelas finas, levantou um pouquinho a saia e lavou os joelhos. Eu via tudo que a brisa permitia ao agitar o inhame; o resto tentava imaginar, detrás da porta da cozinha. Pensei que ela pararia no joelho, e já era muito; mas ela subiu a saia e fez a água escorrer pelas pernas. As pernas inteiras, pretas e finas; e elas sim, eu nunca havia imaginado que existiam. Nem que os pés corriqueiros como os das galinhas eram parte das pernas.

4.

BETIM. Debaixo da marquise estreita acomoda-se Maiquitasso, que pede a Dr. Olívio um copo d'água. Naquela hora Maiquitasso está deitado e com a cabeça apoiada num cobertor – um trapo cinzento e ensebado do modelo sapeca-negrinho - embolado no canto. Num balde de tinta seca ele guarda três ou quatro pertences, entre os quais um pedacinho de sabão cor-de-rosa e uma goiabada enrolada em jornal. Cansado e distraído, Dr. Olívio senta-se sob a marquise de Maiquitasso segurando o copo de água mineral que acabou de comprar no botequim. Começa a tomar quando ouve ao seu lado:

"Me dá uma água, patrão." – O mendigo tem a cabeça recostada nas próprias mãos cruzadas sobre o sapeca-negrinho.

O doutor volta ao botequim e traz outro copo.

"Qual é o seu nome, meu amigo?."

"Maiquitasso. É como o povo aí me chama."

"O povo aí? Todo mundo te conhece por aqui?"

"Eu moro aqui, patrão. Moro aqui, entendeu?"

Maiquitasso é magro e amarelado como um doente, mas seu rosto lembra um desenho mal feito do boxeador. Seu rosto está sujo de comida e o pé esquerdo muito inchado. Dr. Olívio sente o nauseante cheiro do suor, ou do cobertor, e quer sair dali mas está cansado demais. Sabe que não consegue sair. Nem um passo a mais. Maiqitasso está na casa dele.

"E por que fica me chamando de patrão, meu amigo? A gente é tudo igual."

"Igual o cacete... Patrão tem bota."

E Maiquitasso levanta o torso e, apoiado no cotovelo, arrasta-se até bem perto do doutor e apalpa as botas:

"Coisa fina, olha aí... Não vai dar pro amigo aqui?" – e se chega com a cara salpicada de farelo bem perto do Dr.

Olívio, que se levanta de um salto e sai quase correndo.

Maiquitasso simula uma gargalhada.

Dr. Olívio não demora e alcança outra vez a avenida onde aos poucos a calçada vai desaparecendo, no lugar aparecem longos trechos em que o asfalto apenas acaba na terra, e depois se sabe que a avenida virou estrada, e Dr. Olívio segue pelo acostamento.

5.

SAMAMBAIA. Os veículos deslocam o ar quando passam em alta velocidade. Dr. Olívio, que no início sentiu-se oscilar à passagem dos caminhões e dos ônibus, deixa de notá-los e agora está à vontade. Caminha quase relaxado no vento do campo, mesmo o vento dos ônibus e caminhões, apesar do sol da tarde, ainda alto e quente. Alguém avança pelo mesmo acostamento, na mesma direção, de bicicleta; Dr. Olívio vira-se para trás a todo momento e inquieta-se com a aproximação da bicicleta. Demora a distinguir a pessoa: é um homem velho, torto sobre o assento, mas capaz de pedalar rapidamente. Com roupas de roceiro, está agora ao lado do Dr. Olívio e o observa de alto a baixo, olhando-o de relance.

"O senhor viaja a pé?" – diz o velho.

"Viajo a pé, meu amigo. O senhor tem bicicleta, eu não..."

"Essa é do meu neto, doutor. Já ando cansado... E o senhor vai aonde?"

"Vou longe. Vou dobrar a serra."

"Cristo de Deus! Não é melhor um ônibus?"

"Vai bem assim..."

"Eu vejo que o senhor é pessoa de posse... por que isso?"

"E por que o senhor acha que eu sou uma pessoa de posses?"

"Ora, o senhor é branco, está bem calçado, limpo, tem óculos na cara..."

"Pois eu não tenho posse nenhuma. O senhor tem mais que eu."

O velho se cala mas olha Dr. Olívio mais longamente com um sorriso que não sabia o que dizer, e cospe. Depois diz:

"O senhor é homem engraçado... Também não vai querer uma garupa?"

"Não, amigo, muito obrigado, vai em frente."

"Então, vai com Deus!" – e o roceiro apertou os pedais e se foi.

Dr. Olívio o acompanhou até desaparecer. Iria comprar mantimentos? Estava bem penteado e cheiroso.

Amargarida tinha sido um acontecimento. Primeiro, as visitas que se repetiam duas, três vezes por dia. No começo podiam fazer parte da rotina necessária: era secretária do companheiro de diretoria da OAB, instalado no andar abaixo. Com o tempo, nada parecia natural. Às vezes me trazia o mesmo assunto duas vezes, depois se desculpava pela distração e aproveitava para falar de si mesma, assunto sem fim, embora em certos casos até envolvente. Havia sempre um pequeno drama. Aos poucos, enquanto os relatos devassavam cada vez mais impiedosamente a sua própria vida, tornou-se sensualmente trágica, indefesa e insinuante. Parecia uma mulher no limite do sono, que usava as palavras como uma estrangeira; e eu não sabia se aquele modo de falar era gracioso ou idiota, e às vezes a corrigia. Ela aceitava, como se tivesse sido só questão de escolha. Também os olhos, mesmo bonitos, me davam pena. Tudo isso durou até Amargarida debruçar-se sobre a minha mesa e deixar afrouxar o decote, mostrando-me sem cuidados os mamilos. Talvez tenha julgado necessário me alertar para certos poderes de que dispunha. Em seguida, ficou de pé junto à quina da minha mesa, puxou um bloco de rabiscar guarnecido de couro almofadado nos cantos, alinhou-o bem à mesa e começou a se masturbar com movimentos sobre o triângulo de almofada. Amargarida disse apenas "Não aguento mais..." e, movendo lentamente dos quadris, fechou os olhos. Atordoado, como se socorresse uma epiléptica, levantei-me e ela jogou a cabeça no meu peito. Segurei seu ombro e saímos. Nunca mais tivemos paz e nunca mais os olhos de Amargarida foram tristes.

6.

MELO VIANA. O acostamento é duro, áspero, uma fita de

lixa. O doutor, em passos lentos, passos trôpegos de bêbado, vê a tarde cair e o chão se tornar incerto e traiçoeiro. Não resiste mais e já não consegue erguer os pés o suficiente para caminhar seguro: quase cai uma segunda vez e, ainda curvado pelo tropeção, estica os braços e por um minuto se contenta em andar de quatro, depois cede à queda inevitável. Não se fere, apenas aceita o tombo como natural e continua caído, ou deitado. Mas antes que chame a atenção de alguém, estirado no acostamento como um acidentado, levanta-se com dificuldade e procura uma moita para esconder-se, fora da estrada e em paz. Moscas passeiam pelo seu rosco e insetos que não conhece zumbem ao redor e lhe tocam a pele na alegria da recepção no seio da natureza. A tarde morre e Dr. Olívio observa o fim e não sente nada além do frio do anoitecer no meio do mato. A estrada ao lado, sem veículos, é uma serpente dormindo, comprida e preta no crepúsculo, que o faz lembrar o fio de remédio que escorre do quarto do menino doente, pela rua, pela cidade, pelo mundo, fio que se alonga como a angústia e a dor em outro poema de Drummond que também servia ao professor para exibir Olívio como burro.

Não há paz, há insetos. Dr. Olívio vê passar sob a última risca de sol estendida à sua frente um tatu inesperado. Nunca viu um tatu na vida, exceto em desenhos. O bicho entoca-se logo adiante, no clarão da risca de luz; à sua frente, mesmo ali, está o buraco onde o tatu entrou. Dr. Olívio não saberia dizer o que faz um tatu. Se é um bicho bom ou um bicho mau. O cansaço o abate, deita-se com a cabeça pousada no capim; ouve um ruído se aproximar na estrada, um caminhão que logo passa e deixa o recado do mundo que insiste em não se apagar. Mas agora Dr. Olívio é o senhor do ruídos e não ouve mais nada, envolve-o o outro mundo atrás de todas as moitas da beira da estrada, o dos mosquitos, dos tatus e do vento frio inimaginável, a um metro da rodovia. Fica escuro, enfim, e Dr. Olívio veste a jaqueta e se enrosca para dormir. O corpo demora a aceitar que aquele misto de terra e capim é a cama.

7.

GROTA GRANDE. A estrada corta a cidadezinha. Dr. Olívio entra num botequim e pede um quibe e uma lata de refrigerante. Senta-se diante da mesinha de plástico vermelho e avista através da copa da árvore o rosa cansado do sol que outra vez se acaba. Os raios lhe ferem os olhos, mesmo assim, mas ele não arreda a cadeira para a sombra. Apenas come o quibe, bebe o refrigerante e aceita o sol – às vezes levanta os olhos e encara o brilho até não resistir mais, e então abaixa o rosto e assim come na sombra. O quibe tem o cheiro da merendeira de Santo Inácio. Quibe ruim, mas apesar disso lembra aqueles que levava para a aula como sobras de festas, quando também sobravam empadas, pasteizinhos e bombocados; boas ou ruins, essas coisas são sempre a mesma coisa.

A calça de Dr. Olívio está suja como a do cego da esquina

e a jaqueta, presa ao cinto pela alça das costas, pesa igual a uma carga de poeira. Ele surpreende os raios do sol vazando entre folhas, já fracos, e não sabe por que lhe sobe por dentro, à maneira de uma embriaguez, algo que toca até a ponta dos seus dedos, macio como a felicidade – vem do fundo uma vontade nova de desistir. Por que, porra? Dr. Olívio se abaixa e tapa os olhos com as palmas das mãos, o corpo vibra em choro solto, sem domínio porque Dr. Olívio sabe que é choro sem testemunha. Ele se vê ali na estrada sem nenhuma inibição, um homem só visto por si mesmo. O rosto está ensopado e inchado.

Pela a primeira vez tira as botas, surradas em algumas horas, e as meias. Caminha até um latão cheio d'água, segurando o par de botas e as meias dentro. Pisa com dificuldade sobre a terra quente e as pedrinhas. Os pés brancos e sensíveis estão isolados do corpo imundo. Dr. Olívio puxa um galho quebrado para perto do latão, sobe na curva da madeira e tenta alcançar a borda. Com esforço enfia um pé na água. Recomeça a operação para banhar o outro pé e escorrega; primeiro fica pendurado à borda do latão e depois acaba de cair, bate a cabeça no galho e por fim se abandona deitado no chão. A testa sangra e o ombro dói. Os óculos estão caídos ao lado, a lente esquerda quebrada. Começa a escurecer e o latão desaparece num canto em que a luz do poste não alcança. O sangue mancha todo o rosto de Dr. Olívio e lhe turva a vista, depois seca. Quieto, esquece a dor no ombro e dorme no capim onde a luz não vai.

8.

ALCÂNTARA. Por fim Amargarida, sem convite, mudou-se para minha casa. Fazia pouco mais de um mês que nos víamos à noite e, disciplinadamente, ao fim de qualquer atividade, mesmo as mais aborrecidas, íamos para a cama. Uma noite o interfone tocou no meu apartamento e ouvi, surpreso, "Sou eu". Sabia que alguma novidade estava a caminho, porque aquela era uma hora morta, oito da noite de domingo – e quando abri a porta do apartamento dei com Amargarida e uma pequena mala preta:

"Vim, só isso..."

"Mas..."

"Vim te ajudar. Vamos começar do zero."

E assim começou. Ou começou o mesmo jantar com outro vinho, sem que ela ao menos me fizesse qualquer pergunta. Seu primeiro movimento foi tomar posse da casa: deixou a malinha em cima da cama e lavou a louça acumulada na pia. Retirou do armário uma garrafa de vinho branco e nos serviu. Brindou com os antigos olhos tristes que nunca mais conseguiram ser tristes. Eu não sabia o que dizer; quando a garrafa de vinho acabou, acho que nem Amargarida estava segura do seu passo, mas fomos para a cama. Nessa etapa, o único fato novo foi uma lingerie preta.

A testa lateja sob no sol a pino. É a serra, a estrada subindo e depois subindo mais, uma subida que não desce nunca.

Dr. Olívio para a cada cinquenta metros e tenta ganhar força apenas com a parada; logo passa também a sentar-se, com dificuldade cada vez maior em retomar a marcha. Recosta-se em troncos; percebe que a testa está inchada acima do olho esquerdo e o ombro dói. A recaída na sedução da felicidade de por-de-sol, como na véspera, não é mais que a vontade de um corpo que já não sabe ter vontades. Dr. Olívio está a meio quilômetro do cume da serra; pode avistar a larga paisagem de uma experimentação de verdes e ondulações vertiginosas do solo, com um debrum azul no fundo, tudo abaixo dos seus pés. (Que desperdício!) Tudo atravessa os obstáculos da lente quebrada, como se cordas esticadas tentassem impedir a paisagem de entrar, mas ela entra, indiferente e magnífica, um mar sólido. Nem assim a alegria retorna. Dr. Olívio é um emaranhado de cansaço e dor.

Percebe também a febre. As pálpebras lutam, o vento da serra lhe arrepia a pele. Dr. Olívio continua subindo, contra todo o peso que carrega. Arrasta-se e às vezes o corpo pede que desista e amolece de ponta a ponta, a vista escurece. Para superar a dor e a febre, brinca de comandante contra a rebelião do corpo. Mal consegue levantar a perna para dar o passo, mas é o comandante e vai vencer a rebelião. A lente quebrada cria ilusões e ele tropeça nessas ilusões desfocadas, e tropeça verdadeiramente. Os carros na estrada já não lhe dizem respeito; não sente mais o sopro raivoso do deslocamento de ar, não ouve os motores, nada. Só teme cair na pista.

9.

VENTANIA. Alto da serra. Um posto de gasolina e uma lojinha de conveniência e Dr. Olívio entra para comprar comprimidos para a febre. Pede um medicamento infantil e toma vários comprimidos de uma só vez, empurrados com a água de uma torneira do posto de gasolina. Preferiria tomá-los na lojinha, mas a moça disse que não havia copo e com alguma pressa o convidou a deixar a loja. Dr. Olívio não cheira bem. Procura um canto escondido atrás da lojinha e se deita. Veste a jaqueta. Dr. Olívio treme de frio mesmo na brisa tépida do outono morno do cume da serra, e só deseja sobreviver para encontrar Otávio e Oscar.

Alta noite, Dr. Olívio sente dores no corpo. Levanta-se do cimento e caminha até a frente das bombas de gasolina, onde o vigia cochila. Dr. Olívio se estica e olha o escuro de estrelas que havia esquecido completamente. Um brilho passado, muito antigo, não quanto à velocidade da luz, mas quanto à vida corriqueira – estrela é infância. São bonitas, as estrelas, ou tudo é bobagem? Um par de faróis ofuscantes chamam sua atenção. O vigia salta da cadeira enquanto um carro grande e preto para ao lado da bomba, mantendo os faróis acesos. Desce um homem de bermudas e chinelos de borracha e uma mulher de short e de saltos. O casal vai até o bar e volta logo, cada um com uma lata de cerveja na mão. O dono do carro pede ao frentista que encha o tanque; a mulher senta-se com as pernas bem abertas no degrau da bomba e bebe sua cerveja. À distância, Dr. Olívio observa a cena; o homem do carro se aproxima dele:

"O que foi, babaca? Nunca viu mulher?"

Dr. Olívio abaixa a cabeça e gira o corpo para se retirar. O homem o empurra e Dr. Olívio cai.

"Velho babaca! Qual é a sua, vai encarar a mãe."

Dr. Olívio, estirado no chão, perde a fala diante do homem de pé à sua frente, alto e cambaleante. O homem acena para a mulher, que se aproxima e também oscila, andando sobre os saltos muito altos que deslizam no óleo e resvalam nas pedrinhas que o cimento estragado vai soltando. O homem pressiona com o pé o pescoço de Dr. Olívio e o obriga a se deitar reto, de costas. Ordena à mulher:

"Mija nele."

Ela acha engraçada a ideia; desce o short e a calcinha, abaixa-se na altura do peito do doutor e urina sobre sua jaqueta fechada. Os dois riem e saem, ela se arrumando. O homem volta-se para Dr. Olívio:

"Fica cheirando aí, velho. Isso é o máximo pra você."

Dr. Olívio olha o casal se afastando e entrando no carro, olha e deixa cair a cabeça como se dormisse em paz.

10.

BREJO DO SALGADO. O cheiro de urina na jaqueta está sufocante; há dois dias Dr. Olívio não encontra água para lavar o agasalho e à noite não consegue vesti-lo naquele estado.

Passa frio e dorme mal. Não sabe se ainda tem febre, mas pensa que sim: o cansaço, a cabeça atordoada, os sinais de que não resiste mais. É preciso aguentar; o que seria de Oscar e Otávio sem ele? É possível que bebam, bebam e bebam o tempo todo, até que Olga e Odetinha também comecem a beber. É preciso resistir. Ao caminhar entre os casebres do arruado à direita da estrada, Dr. Olívio descobre uma bacia jogada num monte de capim. Na casinha ao lado, pede um pouco de água; uma velha negra olha Dr. Olívio com desconfiança mas recolhe a bacia e a devolve cheia. Ele não diz nada, só agradece balançando a cabeça e se retira. Na sombra de uma árvore, abre a jaqueta na bacia – muito pequena para sua jaqueta – e se deita ao lado, esperando que a água sem sabão lhe devolva a jaqueta antiga, de cheiro inofensivo e bom de tecido. Tira as botas e dorme.

Está quase escuro quando Dr. Olívio acorda com gritos – são dois meninos que chutam bola perto da sua árvore. A bola cai no capinzal e um deles vai buscá-la e a arremessa de lá para os pés do outro menino. Dr. Olívio nota que a bola que caiu no matinho e já corre outra vez de pé em pé entre os garotos é a sua bota. Apenas uma está ali, junto à raiz da árvore. Levanta-se e tenta gritar para os meninos, mas eles se afastam tocando a bota em tabelinha, até que o maiorzinho acerta um chute forte que joga a bota para longe, nos fundos capinzal. Dr. Olívio senta-se na raiz da árvore e calça a única bota; com um pé direito branco e frágil como um pedaço intocado pela terra e pelo sol, ele chega até o limite do capinzal e desiste. Retorna mancando à sua árvore. Dr. Olívio recosta-se no tronco e deixa o corpo tomar o seu rumo, conforme queira.

Nem na quina da mesa nem de modo mais previsível, jamais voltei a ver Amargarida se masturbar. A tristeza dos olhos com o tempo diluiu-se por todo o corpo. Seu único prazer era sublinhar para mim a ausência de prazer. As mãos foram perdendo o viço e até o simples esmalte, que ela não usava mais em obediência a uma espécie de voto de amargura. Me dizia às vezes coisas desconcertantes, que só podiam vir à tona por obra de elaborado mecanismo de crueldade. Como: "Uma vez Oscar me cantou". Deixei de me interessar por essas revelações que me atirava com frequência, como outras arremessam pratos. Havia momentos em que, tomada de uma irritabilidade dedicada a minúcias, era capaz de palavras e gestos agressivos por causa de um perfume que não apreciava ou de um mendigo que lhe arranhava os ouvidos. No caso dessa cólera constantemente engatilhada, eu era sempre seu alvo mais desarmado.

11.

MARIÁPOLIS. As costas da jaqueta foram moídas pelo asfalto. Depois de horas na sombra da sua árvore do arruado, Dr. Olívio amarrou a jaqueta no pé direito e fez dela uma grossa atadura que serviu de calçado por uns dois ou três quilômetros de estrada. Era a distância até a cidadezinha onde entra num botequim que vende também doces, café no copo, chapéus de palha e chinelos de borracha. Varre os bolsos e descobre trinta e dois reais; dá para um doce, um café e um chinelo, mas não para o chapéu de palha. Ele pede o que pode pagar, come, bebe e sai. O chinelo é mais desconfortável que a atadura de jaqueta, e Dr. Olívio quer o agasalho à noite. É o último calor de que dispõe, fora o castigo do sol.

Do outro lado da cidadezinha, Dr. Olívio passa por uma farmácia e compra tudo que lhe resta em comprimidos infantis para febre. Não são muitos e ele toma todos, como da outra vez. O sol está no alto e Dr. Olívio não resiste a uma sombra: descobre um galpão aberto e vazio em que o chão está coberto de areia e se deita a um canto e dorme por tempo que não sabe medir, um tempo longo e silencioso. Acorda com o dia amanhecendo e sente que pode caminhar, apesar da dor no pé direito mal calçado. O pé está inchado. Sobre o chinelo, amarra de novo a jaqueta e se põe a andar. Daí a pouco a cidadezinha desaparece. A dor do pé fica mais forte e Dr. Olívio manca.

Trezentos, quinhentos metros à frente, não consegue mais se locomover. Apoiar o pé direito no chão é impossível. Senta-se sobre o capim da beirada do acostamento e por fim se deita olhando o céu. É preciso resistir, mas agora Dr. Olívio não sabe como. O céu está claro, porém o sol baixo mal se deixa ver atrás das copas – a suavidade da madrugada se prolonga por essa estreita margem do dia e Dr. Olívio consegue então se fixar no azul, um azul que desperta uma fatia de lembrança que lhe parece infantil ou doce demais para o incêndio que virá. O doutor repousa entre moscas e ramos que o machucam, e ele os afasta ao passar o dedo pelo suor da testa. Sente aí o óleo de uma panela de fritura, uma carne dolorida e escorregadia. É então que o sufoca outra vez a efervescência dolorida: a recordação dos pés das mulheres pobres, pés pardos, ossudos e nus.

E dorme.

12.

VILA SERIEMA. A mulher que entra no mercadinho em frente observa o homem que cai e permanece caído numa poça de lama e esgoto, no meio da rua. Incomoda-se com o homem, imóvel como se tivesse escolhido a poça para se recolher. Aproxima-se e vê que ele respira, ofegante, os olhos fechados, o nariz quase coberto pela água que se mistura ao fio de esgoto. Os óculos estão caídos, com uma lente quebrada.

A mulher retira Dr. Olívio da poça e pede ajuda para arrastá-lo até a porta do mercadinho. O dono do estabelecimento não gosta e manda que ela tire dali aquele porco.

"Tem coisa errada aqui. Esse homem é branco e usa óculos" – diz a mulher.

Ela chama a polícia, de quem é amiga. Vem a viatura

e transporta Dr.Olívio até a casa da mulher. Ela o acomoda num quartinho dos fundos e pede à empregada que lhe dê banho.

"No chuveiro, se ele conseguir".

Todas as mulheres da casa acompanham a recuperação de Dr. Olívio. É tratado com remédios e talco de perfume doce, mas todos os dias diz a Túlia que precisa ir embora. Não se aproveita de nenhuma mulher e pede perdão a Túlia:

"Não tenho dinheiro. Nem posso. Me perdoe."

Certa manhã bem cedo, com o dia apenas clareando, se levanta, põe os óculos com a lente nova que Túlia mandou fazer, e sai caminhando até ganhar o acostamento da estrada. Podia ficar na casa de Tília o quanto quisesse, mas Otávio e Oscar não vão esperar muito, talvez nem Olga espere, nem mesmo Odetinha. Túlia é uma mãe abandonada.

13.

OLÁVIA. O doutor carrega os pés, puxa cada um deles como um peso, e repete para si mesmo que falta pouco, falta pouco, falta pouco. Dá três passos, para, mais três passos, senta-se um pouco. Seu destino está a dez quilômetros e ele caminha pelo acostamento. Não sabe há quantos dias está caminhando. Sabe que vai chegar, não importa quando; lembra-se de Túlia e lhe dói lembrar que não disse nada, não disse adeus nem obrigado, e sem motivo se lembra de Maiquitasso, "patrão tem botas". A estrada passa longe da Olávia, o lugarejo escondido e humilhado no fundo do vale, à beira do córrego que transporta esgoto, um monte de casinhas sem reboco onde dois caminhões levantam poeira como uma cortina que sobe além da mata, vazada pelo amarelo do fim da tarde. Falta pouco. Falta pouco.

Fui levado ao jantar. Não queria ir, pois achava que era uma noite para figurões, mas acabaram por convencer-me de que deveria, como disseram, "ocupar meu espaço". Comprei uma gravata cara e vermelha e, com a mesma roupa que em todos eles identificava a superioridade e a elegância – a gravata vermelha, a camisa branca e o terno preto –, compareci ao jantar. Fazia parte da diretoria empossada naquela tarde. Aos poucos, na medida em que bebia algum uísque, sentia-me integrado, um membro daquele ápice. Quando o novo presidente, o cabeça da nossa chapa, subiu ao microfone para discursar, pude virar para ele a minha cadeira e o meu olhar com toda a segurança de ter ali um aliado que precisava de mim. Nenhuma dúvida nem ansiedade. O garçom passou com a bandeja e puxei mais um uísque. O novo presidente disse no seu discurso: "A liberdade é a nossa missão". Inacreditável! Terminado o jantar, aceitei o convite do grande homem da noite para tomar "o melhor de todos os scotchs" no hotel onde nos esperava o diretor da revista *TJ*.

14.

SANTO INÁCIO DA VALA VELHA. A cidade já acendeu seus postes e o lusco-fusco põe sobre ela uma mortalha violeta. É o máximo de beleza e cor que se permite: do morro, Dr. Olívio olha com olhos cansados, não da viagem mas da repetição, suas construções de um branco encardido que nem é branco nem outra cor. Lá está ela com sua graça de porco magro, sujo de barro seco. Ele sabe que agora está fechado. Melhor assim: não precisará dar a volta pelo dorso do porco magro, apoiando-se nas paredes dos botequins nem escorregando nas calçadas estreitas. Vai atravessar a cidade pela frente, pela entrada social, escondido no escuro. Está feio, o trapo de jaqueta enrolado por cima do chinelo de borracha; nem Túlia conseguiu, está feio e sujo mesmo depois de Túlia. Dr. Olívio entra como um rato pela cidade e escolhe as ruas mortas até o portão dos Chorões. Já sabia que estaria fechado àquela hora e se deita junto ao muro, longe da pracinha das árvores, onde a caiação manchada em que apoia a cabeça lhe dá o gosto do descanso, protegido pelo longo silêncio que ali ficaria com ele por toda a noite.

Aos primeiros sinais da manhã, Dr. Olívio senta-se no degrau do portão. O céu está escuro ainda, mas assim que começa a clarear o funcionário municipal abre o portão, Dr. Olívio espera um pouco até que aquele que abriu o portão desapareça e então entra. O cemitério está vazio, o velho Cemitério dos Chorões, úmido de orvalho. Ele caminha por entre os túmulos; algumas lápides ainda se escondem na manhã apagada; o doutor sente dor por toda parte, no pé direito, nos quadris, na testa, e vai descendo a encosta suave até o fundo do cemitério, junto ao muro. Ali Dr. Olívio passa a mão sobre as placas de mármore de um túmulo baixo e modesto, encontra lá os dois nomes de sempre, cada um na sua placa: Oscar e Otávio. É cedo, devem estar bebendo ainda. E cadê Olga, cadê Odetinha? Não vieram. Dr. Olívio temia: não conseguiram sair do mar.

Depois de depositar cuidadosamente os óculos sobre a lápide, e de se lembrar de Túlia, ele se deita ao lado de Oscar e Otávio. Aquele é o canto em que o sol da tarde não o incomodará, e haverá lodo, esquecimento e um gato ocasional.

...

ESTA OBRA FOI COMPOSTA EM ELECTRA LT STD E IMPRESSA
PELA RONA EDITORA. EM OFF-SET SOBRE
PAPEL NORBRIGHT PARA A
EDITORA LETRAMENTO / QUIXOTE EDITORA EM JULHO DE 2015.